我在德国淘旧书

李广宇 著

法律出版社

目 录

1 **我在德国淘旧书**

3 科隆

9 煤矿书店

16 海涅的杜塞尔多夫

23 马尔库斯买残书

28 明斯特的书香

34 古城买画

41 书旅拾零

46 马约尔与维吉尔

53 **港九访书五日记**

55 第一日

63 第二日

67 第三日
80 第四日
102 第五日

113 **跟着灵凤游上海**

115 四马路
124 北四川路
132 施高塔路
139 内山书店
146 多伦路
156 静安寺

165 **爱书也爱叶灵凤**

167 赵克臻手写的叶灵凤小传

182 陈君葆日记中的叶灵凤

201 叶灵凤与邵洵美

217 叶灵凤与黄新波

224 叶灵凤与柳存仁

229 叶灵凤与穆时英的点滴

236 叶灵凤在一九七三

247 叶灵凤手迹

251 范用致叶中敏书信两通

我在德国淘旧书

科　隆

飞机降落杜塞尔多夫机场时，还是大清早，德方的接机人员说，酒店要到午后方能入住，加之周日所有的商店都关门，只好先去附近的科隆走走，好消磨掉这大半天的时光。于是出了机场迳直上了前往科隆的高速。正是深秋时节，高速公路两侧层林尽染，绿草浅潭之上竟低低飘浮着团团白雾。车行四十分钟，没有任何过渡，就进入城市的街道，我问这就是科隆了？不等回答，果然就看见了科隆大教堂高耸入云的双塔的塔尖。教堂对面是一家建于一八五五年的青石楼房，在底层的咖啡馆用早餐，落地玻璃窗外就是教堂的正面，一边喝咖啡一边就在思忖：这个建筑怎么一修就修了六百多年。

窗外游人开始多起来的时候，预约的导游也如约而至，是一位六十多岁的德国绅士，自称有一个汉语名字，姓魏。听他说一口标准的普通话，我们都很好奇，他说他并没有在学校学习过汉语，因为他的妈妈有一半中国血统。他爷爷早年为了传教去了青岛，后来又在天津住了很多年。他的外祖父是烟台人，和一位德国女性结婚生下了他的妈妈。魏先生讲，一会儿要带我们从教堂出发，穿过老城，去到莱茵河边，参观河中半岛上利用码头旧址建造的巧克力博物馆。

我对观景兴致不大，只打听附近可有什么有名的书店。魏先生说很遗憾今天是周日，商店一律不开门，书店也是如此。他一指教堂右侧："那个写着 DB 字样的大楼是科隆火车站，里面倒是有家书店。"可他并没有带我们去的意思。教堂的左侧是一家博物馆，名叫 Romich Germenisches Museum，从玻璃窗望进去，隐约看见了书的影子，赶紧抓住这根稻草，央求魏先生带我们进去瞅瞅。魏先生按部就班地先带我们来到博物馆外一面玻璃窗前，拿手遮住光线看下去，才发现几米之下是一块五色斑斓的马赛克地面。魏先生说：这是古罗马时期留下来的原物。公元前一世纪，罗马帝国皇帝奥古斯都派驸马阿格里帕挥师北进，在莱茵河西建起军营要塞。又过了几十年，出生于此的阿格里帕的外孙女阿格里皮娜登上了皇后宝座，她恳请皇帝把她的故乡升格为市，并定名为科隆尼亚·克劳狄·阿拉·阿格里皮内西姆，再以后就把这一长串绕口的名字简化成了科隆。科隆在拉丁文里就是殖民地的意思。我在想，为什么罗马法在德国如此发扬光大，原来也是一种殖民地文化。

博物馆的大厅果然有一些书售卖，大都与科隆的古罗马文化有关，也有一些古罗马雕塑的小型复制品，却没有一眼看上去就喜欢的。往东走，是一栋红砖的现代建筑，玻璃橱窗的陈设分明显示出是一家书店。店招上写的是 Bucher Kosel，老魏说，Bucher 是书的意思，Kosel 则是老板的名字。隔着玻璃窗往里望，但见缥缃万卷，插架琳琅，这就更增添了一丝欲逛不能的不甘。但俗话说，上帝关上一扇门，必会打开一扇窗，百无聊赖地继续东行之际，忽地碰上一家博物馆，叫作 Wallraf das Museum。老魏给我们解释，Wallraf 是捐赠人，以他的捐赠品为基础，建起了这家艺术博物馆。虽说仍是计划外的，但在我的要求下，还是顺带进去歇了歇脚。首层大厅是附设的 Cedon 艺术书店，架上台上摆了那么多画册，让人兴奋得有些热血沸腾。时间有限，不遑细选，匆忙中只挑了两种。

第一种是 *Albrecht Durer：Aquarelle und Zeichnungen*。封面是丢勒画于一五〇二年的那幅具有划时代意义的《野兔》，内文收录丢勒传世水彩素描木板画数十幅。我本人尽管肖兔，但比较起来，还是觉着那幅《犀牛》更富美感。可能是因为《野兔》太写实，而《犀牛》更有装饰趣味。店里还有好几种丢勒的书，甚至还摆着丢勒野兔和犀牛的木雕模型。丢勒出生之地是纽伦堡，科隆的博物馆为什么对他情有独钟，倒是日后可以考据的一道题目。第二种是 *Kirchen*：*Verstandlich gemacht*，翻译赵阳说，可以译为如何读懂教堂。厚厚几百页，都是关于各色教堂外观和细部的文图介绍，图画之精美细致国内罕有，其中有不少是极富意境的老铜版画。书是特价，仅售不到十个欧元。

博物馆再往前走，就来到了老市政厅。这座楼宇分两个时期建成，所以就形成了哥特和文艺复兴双玉合璧的风格。魏先生说，“二战”当中，科隆遭到猛烈轰炸，全城几乎被夷为平地，这个老市政厅也是在毁损比较严重的情况下修复而成。快到莱茵河边时，遇见了新莱茵报社旧址。一八四八年到一八四九年，马克思和恩格斯就在这里出刊了三百零一期新莱茵报。那时，科隆还是莱茵省的中心。一百六七十年的光阴流过，从前的报馆如今成了咖啡馆。峥嵘岁月恰如春梦了无痕，阳光下的莱茵河却依旧汩汩流淌。

煤矿书店

午后两点半，结束在北莱茵－威斯特法伦州司法部的交流活动，遵从东道主的安排，前往埃森参观世界文化遗产——关税同盟煤矿（Zeche Zollverein）。埃森位于莱茵河－黑尔讷运河与鲁尔河之间，从十九世纪中叶起，随着煤铁资源开发的兴起，渐次成为鲁尔区的工业中心。所谓的鲁尔区，因莱茵河下游支流鲁尔河而得名，由一系列城市组成，其中较大的城市，除了埃森，还包括多特蒙德、杜伊斯堡、波鸿等。这一地带被称为“德国工业的心脏”，是德国发动两次世界大战的物质基础。车沿莱茵河向东北方向行驶，约三四十分钟，就到了关税同盟煤矿。甫一下车，成片的废旧厂房和大型煤矿机械就奔来眼底。高架巨臂、输运长廊，无不给我们以深深的震撼，当年洗煤炼焦的沸腾场面仿佛就在面前。而今，这里却安静得有如世外桃源，仍旧叫作“洗煤厂”的公交站牌下空无一人。

乘一部橙色露天滚梯扶摇直上，原来高入云端的车间，如今已经辟为游客中心。为我们引导讲解的是一位上年纪的夫人，她如数家珍地回顾起上世纪以来关税同盟煤矿辉煌的发展史，一直讲到一九八六年煤矿在资源并未枯竭的情况下自动关闭，并于二〇〇一年成功列入联合国世界遗产名录。我向她提问：是什么因素使它获此殊荣？是因为它的主动关停，还是因为它的本身？夫人说：怕是因了它的本身。煤矿生产线采用的工业流程和技术本身就极具现代性，它的工业建筑遗产也是具有包豪斯风格的现代建筑经典。我们登上了最高处的观光平台，放眼四望，整个鲁尔工业区尽收眼底。尽管远方仍有些许烟囱冒着白烟，但占据视野的，却是郁郁葱葱的丛林。究竟当时就有这么多林木，还是停产以后所植？“完全是自生自长，”夫人回答：“正可谓你退它进。你不再往这儿堆煤，林木当然会自然地破土而出。”她指着一处处昔日的厂房说：“那个白色的是日本人搞的创意中心，那个正在搭着架子改造的，是一个设计学院。我们的改造策略不是废旧立新，而是旧物再利用。通过改变原有建筑、设施及场地的功能，既再现工业区的历史，又为人们提供有趣的文化、娱乐园地。”听到这里我灵机一动：“照这么说这儿也应该有艺术设计之类的书店啦？”夫人说：“有啊！就在刚才扶梯上来的大厅。”我立刻忍不住要下去逛店，陪在左右的高高帅帅的高礼善说我陪你去。

高礼善本名叫亚利山大·葛劳姆，是一位年轻法官，目前在北威州司法部借调工作。他跟我说，逛书店也是他的喜好。书店里书还真不少，尤以介绍关税同盟煤矿、鲁尔工业区以及埃森市历史人文的图书为多。高礼善在科隆大学自学的中文，简单能说几句，不会表达时我们就辅以英语。他不时从架上拿起一本书给我介绍，拿得最多的是有关军火大王克虏伯家族的书。听他一番介绍，才知道作为德意志军国主义柱石的克虏伯，其家族的摇篮就在埃森市。高礼善说，“在德国，克虏伯大炮无人不晓。甚至还有这样一句谚语：像克虏伯的钢一样好。”一边说一边又递给我一本书，打开的那页是李鸿章的一帧照相，上面有李鸿章本人的题款，上款题：“送 克鹿卜飞子”，落款是：“太子太傅文华殿大学士北洋通商大臣直隶总督一等肃毅伯李”。高礼善说：“李鸿章访问埃森时，住的就是克虏伯家，为此克家还专门为他修造了中式房间。”

说句实话，我对克虏伯大炮知之不多，也无甚兴趣，我关心的只是版画。说来幸运，还真找到一本，也让我得以比较全面地了解了现代德国一位重要而有特色的版画家，这就是奥托·狄克斯（Otto Dix）。这是一本大型画册，德文书名是 *Das Auge der Welt. Otto Dix und die Neue Sachlichkeit*。奥托·狄克斯曾在“一战”和“二战”中两次应征入伍，毒气和阵地战使他深深感受到战争的残忍与恐怖，为此他创作了一组题为《战争》的蚀刻画，这组画也确立了他在德国乃至世界画坛不可或缺的地位。战后，他由写实主义转向现代派，成为表现主义的代表画家。他的画最大特点可以概括为“残酷的客观”。有人说，他的目光就像“一只粗暴的手”，撕下对方的面具，暴露出深藏的自我。为此他生涯之中屡惹官司。有一次，一位为女儿订购肖像的顾客觉得狄克斯画得太丑太不像了，因此拒绝付钱，狄克斯一怒之下把他告上法庭。犹太律师西蒙斯以艺术表达自由为论据为他辩护，终于为他打赢官司，讨回了订金。画家为表感激，特意为律师画了一幅肖像画，据说这是他唯一一幅流露出温情的作品，到今天几乎已成为稀世珍宝，他和西蒙斯之间的友谊据说也保持了一生。

另外一本是 *Japanese Erotic Art*（日本情色艺术），Thames & Hudson 于二〇一三年印行的英文版，原价四十五英镑，仅售二十九点八欧元，质量却比以前所购同类图书高出许多，特别是封面的那条纵向缝线，很能营造出一丝东方韵味。这本书让我想起故乡离这儿不远的荷兰汉学家高罗佩。高罗佩长期出使中日，对东方文化浸淫很深。他创作的小说《大唐狄公案》，使得这位东方福尔摩斯名噪四海。有趣的是，他的小说都由他自己设计，并且亲手绘制插图。正是在寻找插图范本的过程中，他接触到了明朝春宫图，这就引发了对于中国日本春宫画、秘戏图的搜集研究，并以此得享盛名。眼前的这位高礼善也姓高，也痴迷中国文化，有朝一日能否成为高罗佩第二，也是不可限量的事。

结账时，我问店员她们的书店有无名号，她在一个纸袋上为我盖了一个戳，我一看是：

Walther König。我说这不是巴尔特·肯尼西书店吗？在科隆我就听说了它，可惜没有时间去。她说是的，科隆那家的巴尔特·肯尼西开在路德维希博物馆，就在大教堂的后身。她又略带抱歉地说："科隆那家店艺术画册可多了，我们这里却没法摆太多，你想谁会专门来一个煤矿买画册呢？"我可不觉得有什么遗憾。一来在这里意外碰上书店还买到了便宜的好书，二来把在科隆没有逛到的巴尔特·肯尼西也给补上了。有此缘分，是不是高兴都来不及。

海涅的杜塞尔多夫

谁不说俺家乡好。这句在中国耳熟能详的谚语，在莱茵河畔的德国也得到了验证。我们在北莱茵－威斯特法伦州的访问从州司法部拉开序幕。北威州的首府是位于莱茵河下游的古城杜塞尔多夫，州司法部坐落在马丁·路德广场四十号，对面是红砖结构、有一个尖尖塔楼的马丁·路德教堂。司法部的乳白色三层大楼已经有数百年历史，从前是个法院。在欢迎会上，国务秘书卡尔·海因茨克雷姆斯充满自豪地说，杜塞尔多夫是他的家乡，并送我一册故乡街景的画册。考试局局长贝歇尔说他是科隆人，在波恩读的法律。“波恩是贝多芬的家乡，”他说：“所以我为你准备的礼物不仅有贝多芬的音乐唱片，还有介绍贝多芬故居的小册子。”我在答词中提到了杜塞尔多夫的名人——伟大的浪漫主义诗人海因里希·海涅。不想这不经意的一说，却让德国朋友顿感骄傲，也才有了此后德国朋友精心安排的海因里希·海涅之旅。隔天在杜塞尔多夫地方法院完成了大半天的交流活动，走出法院大楼，日已西斜。肖尔茨，一个出生在东德德累斯顿的青年法官，现在是北威州司法部负责国际事务的处长，说要陪我去老城参观海涅故居。他回望着法院大楼说：“地方法院之前在老城，五年前才搬到这里，这里是杜塞比较差的区域，政府希望借由法院把这里带动起来。”我们要搭乘地铁到老城，肖尔茨却不买票径直带我们走下站台，走进车厢。原来车厢里就挂着投币售票机，就连在德国生活了多年的翻译赵阳，也直说第一次见到这种情况。只行三站就到达目的地，上到地面，正是海因里希·海涅大街。肖尔茨说，在杜塞，以海涅命名的街道、建筑和学校比比皆是，海涅成了这个城市的灵魂。长期流亡巴黎的海涅对家乡也是念念不忘，他曾说："我生于莱茵河畔的杜塞尔多夫——我之所以特别明确地说明这一点，是因为我已估计到在我逝世之后，还有七个城市为争夺成为我的故乡城市的荣誉而争斗。"但是，他的家乡一直没有欢迎他。一八八七年，当奥地利的茜茜皇后向她崇拜的诗人海涅的故乡赠送一座纪念碑时，五百名杜塞市民公开上书反对，在盛行一时的排犹和极端民族主义情绪影响下，为海涅立碑一事遭到拒绝。海涅的故居在杜塞老城 Alt-stadt 的中心，在老城边儿上，贝歇尔局长和高礼善正等着我们，我们踩着石铺的路面，走过几条窄窄的巷子，就来到了博尔科路（Bolker）。海涅曾经写道："杜塞尔多夫这座城市非常美，如果在远方想起它，如果凑巧出生在那里，那种感觉是很妙的。我是在那里出生的，我觉得好像我总想立即回去。如果我说回去，我指的是博尔科路和我出生的那幢房子。”那幢房子是一栋三层的小楼，白色的墙壁，黑瓦的尖顶，门楣上有一个海涅的浮雕头像，头像下是Heine Haus的字样。旧居底层是一家书店，有人称它为“海涅书店”，但它的德文名字其实是 Muller & Bohm Literaturhandlung Literaturca。书店专营文学书籍，不只德语文学，在架上我还看到了许多其他欧美国家如雷贯耳的文学巨匠的名字，当然，海涅专柜必不可少，一些海涅的文集和诗集单行本制作还算精良，可惜并不是我要找的带插图的老版本。

空无所获地从海涅故居出来，未免有些怅然若失。深一脚浅一脚走在碎石路上，观赏着一家挨一家的露天酒吧，丝毫没有料到，随后而来的，还会有大惊喜。博尔科路走到尽头，是集市广场（Marktplatz），杜塞尔多夫历史悠久的市政厅（Rathaus）就坐落在这里。指着广场正中一尊青铜雕像，贝歇尔局长说：“这是杜塞的选帝侯Jan Wellem。这不仅是杜塞尔多夫的象征，也是阿尔卑斯山以北最重要的巴洛克风格的骑士雕像之一。”我想起海涅回忆录里多有对于选帝侯的描述，也想象着少年海涅怎样从家里跑到集市广场，牵着选帝侯的手，充满敬畏地仰望着骑在战马上的威风凛凛的拿破仑皇帝。市政厅的后面就是莱茵河，不过在来到河边之前，贝歇尔局长指着一条细得不能再细的水流问我：“猜猜这是什么河？”我说：“难道是杜塞尔河？”他哈哈乐了：“是的，杜塞尔多夫就是因为这条河而得名，多夫在德语里是村庄的意思，杜塞尔多夫最初就是杜塞尔河边的一个小渔村。”我们来到莱茵河畔，落日正好把河对岸的西天染成红色，一群野鹅恰好腾空飞向远方。凝忘着莱茵河之波，我想起一位历史学家说过的那句名言：“整个欧洲没有一条河能与莱茵河匹敌。”我又想起海涅献给莱茵河的那首叫作《罗累莱》的名篇：“不知道什么缘故/我总是这么悲伤/一个古老的故事/它叫我没法遗忘/空气清冷，暮色苍茫/莱茵河

静静流淌 / 映着傍晚的余晖 / 岩石在熠熠闪亮。”从莱茵河滨大道左转，穿过电影博物馆和陶瓷博物馆，就进入古风浓郁的画廊古董店区。黄昏的古巷几乎空无一人，一两百年前打造的街景，让人怀疑时间是不是在这里停止不动。有一栋房子，从窗里泻出暖暖的灯光，贝歇尔局长说，这是海涅早年读书的学校。而在学校的对面，竟是一间叫作海因里希·海涅古董店（Heinrich Heine Antiquariat）的旧书店！赵阳说，在德国，旧书店也是难找了。但这家旧书店，有一种一进门就能强烈地感受到的不凡气象，环屋摆放的书架，密密麻麻挤满了各色老书。赵阳替我跟老板说只要老版画书，老板东寻西找，不一会儿就搬来一堆。我精挑细选了四种。第一种是一九二三年在慕尼黑出版的以圣经故事为题材的版画集，共有珍稀图版四十幅。第二种是一九二一年在慕尼黑出版的古代德国插图集，共收入十五世纪以来木刻书籍插图一百零五帧。第三种是一本有关丢勒生平作品的老书，一八六一年在汉诺威出版。这本书虽然图片较少，但制作考究，三面书口都装饰着彩色花纹，书前还贴有一枚藏书票。第四种出版年代不祥，从装帧风格来看，至少是十九世纪的出品，内容是以丢勒领衔的六位经典画家绘制的圣经故事。书的价格嘛，实在比新书还要便宜。当我还想再看更多，店主肩膀一耸：“全给你了！”

马尔库斯买残书

莱茵河畔的城堡广场（Burgplatz），种植着成片的悬铃木，这是一种已经存在了一亿两千万年的植物，看着有些像法国梧桐，不晓得是不是一种东西。在城堡广场的边缘，有一个圆形的塔楼，贝歇尔局长说："这个塔楼叫作老宫殿塔楼。它本是建造于十三世纪的选帝侯宫殿的一部分，可惜宫殿毁于一八七二年的一场大火，只残留了这个塔楼。"据说，童年的海涅经常来此嬉戏，那时城堡的废墟尚未清理，到了晚上那里面常常闹鬼。常言说水火无情，在大火面前，巍峨的宫殿尚且不保，纸做的书本该会是何等脆弱也就可想而知。我这样想时，还根本没料到，片刻之后我竟会真的面对一堆残书。经过一座塔楼拧成麻花状的巴洛克风格教堂，就来到了骑士街（Ritterstrabe）。在一座浅灰色建筑前，高礼善神秘地跟我说，他们局长知道我爱逛古旧书店，特意向他的艺术家朋友打听到了这家店。我抬头打量，石砌的拱形门框，漆成墨绿色的双扇木门，门楣上方钉着一个铁艺店招，上面的花形文字是：Marcus：Buch und Kunst Antiquariat（马尔库斯：书和艺术古董店）。门紧闭着，局长打通电话，片刻之后才有一位女士为我们打开门。门厅很宽绰，局长说，早年，马车可以停在这里，下雨天在这儿下车不会淋雨。店铺在院里的一座青砖结构的老房子里，走五六级台街，又是一个双扇的墨绿色木门，进来是一个大开间，靠墙有几个书架，中间摆着一个笨重的原木抽屉柜，迎门处还有一套舒适的沙发茶几，看这阵势，与其说是一个书店，倒不如说是一个老式书香人家的客厅。店主是另一位女士，年纪接近古稀，非常亲切慈祥地把我们让进来。我把架上书大致扫了一遍，年纪最少大店主两倍以上。店主说，她店里的书最新的也在一八五〇年以前。我照例向她寻问版画，她引我走到屋子中央那个原木抽屉柜，拉开一只抽屉对我说："喏，这里都是。"我一个抽屉一个抽屉地看，里面全是分主题排放的老版画，有的以地名，有的以国名，有的以风景，有的以人物，看了几个抽屉我就眼花缭乱了，不知道从哪里下手。听说我来自中国，夫人搬出一堆画给我看，一色都是中国画日本画。中国画我不好确定年代真伪，就选了一幅日本画。这画很沧桑的样子，像是一张四周有些残破的棉纸，总之是一幅年代较久的日本画总错不了，价格也不比一本书更贵。正当店员为我细心包裹时，夫人突然又从柜子里搬出一个大纸包，小心拆开封，一大摞八开古书的散叶呈现在我们眼前。夫人说："这是一四九三年纽伦堡出版的《世界史》的原物，因为残缺，所以按页出售。你不是喜欢丢勒的版画吗？这本书跟丢勒还真有关系，出版这部大书的那家书铺，正是丢勒学徒的作坊。”丢勒的生平我知道一些，他出生于纽纶堡的金银匠世家，在十五岁时成为当地最优秀的画家沃格穆特（Michaaeel Wolgemut）的徒弟。沃格穆特的大工作坊也为丢勒的教父、印刷商安东·柯贝尔格（Anton Koberger）制作木刻插画。丢勒出生于一四七一年，结束三年学徒那年是一四八九年，应该正值这部大书的制作当中。我充满敬意小心翼翼地欣赏着这部来自丢勒家乡丢勒年代的旧书，恍惚时光向回穿越了六百多年。试探着问问价格，夫人说按图论价，图越多越大越贵。我选的一页，图不算多，也不算大，但很有意义。赵阳和高礼善都懂拉丁文，知识面也宽，帮我逐一辨析上面三幅木刻的内容，让我越发觉得这页选对了。第一幅是一位专司黑死病的神。那个年代，丢勒的家乡黑死病肆虐，很多人不幸被夺去生命。丢勒的母亲就是因黑死病而死，他那幅木炭素描

《母亲肖像》就作于母亲去世前的两个星期。丢勒本人几次去国远游，也是为了躲避黑死病。第二幅是一位中世纪意大利的法学家，他的主要贡献是商法。对于我辈法律工作者来说，这当然是鼻祖一级的人物。第三幅又与黑死病有关，是一个黑死病医生。我看中的不是他的身份，而是他手捧一本书的造型。

明斯特的书香

明斯特（Münster）在北威州的北部，过去是威斯特法伦省的首府，“二战”之后，这个地区与莱茵省的北半部分合并，组成北莱茵－威斯特法伦联邦州。还在杜塞尔多夫的时候，北威州司法部的朋友们就已频繁地提到它，他们中有不少人是在明斯特大学读的法律。他们说，明斯特公元八〇四年就见于记载，十二世纪建城，曾是汉萨同盟成员。他们又说，明斯特是大学城，全城三十万人，大学生就能占到八万。他们还说，明斯特是德国的自行车之都，自行车的数量超过人口，人行道涂成红色的部分专供自行车行驶，你们到那儿走路可要小心。德方陪同人员胡兰说，她在明斯特住过六七年，喜欢极了这座集古典建筑艺术和自然田园风光于一体的美丽古城。她特别怀念明斯特的环城林荫道，在那里跑步真是惬意极了。翻译赵阳则和我悄悄咬耳朵：既是大学城，肯定少不了旧书店，肯定充溢着迷人的书香。作为北威州之旅的最后一站，我们终于驶向这个令人神往的城市。

明斯特之行的促成，是因为北威州高等行政法院设在这里。入住的次日清晨，就去访问这家法院。步行穿过一条条童话一般的老街，双耳充盈的是东西南北各个方向传来的教堂钟声。在高等行政法院门前的小广场，行政官员海格斯女士为我们简单介绍法院历史。北威州高等行政法院成立于一九四九年，由于市内建筑在“二战”期间毁损严重，当时竟找不到一所合适的房子，只好分据几处办公。后来决定构筑专门的楼宇，于是从杜塞尔多夫请了一位年轻的设计师设计，经过招标施工，于一九六二年最终建成。这个地方从前是个修道院，拥有四百五十年的历史。法院门前的这个广场，正是从前修道院的后花园。草坪上分布着九个喷泉，是因为当时的高等行政法院共有九个庭，现在则已扩充到了二十个庭，最多时甚至达到过二十五个庭。法院大楼也经过了改建，在原来两层的基础上增加了一层。进入法院大楼，是个宽敞的天井，首先映入眼帘的，是一通到顶共有三层的透明图书馆。一位法官，同时兼任图书馆的馆长，他向我们介绍说，最初设计的时候，专门为图书馆辟出了房子，但后来不够用了，于是请原来的设计师在天井里加建了新图书馆，之所以使用玻璃幕墙，是为了突出司法的透明。当然，法官要有个适应的过程，因为这样一来哪个法官进去查什么书外边都会一目了然。馆长还跟我们透露，法院图书馆共藏有法律期刊一百二十种，法律释义和法学专著三万六千册。不光供法官使用，律师、当事人、法学院学生，所有有需要的，都可前来查阅。有趣的是，在图书馆的对面，一边蹲着一个硕大的麻布做的卡通人物，好像在凝视，又像在思考。海格斯女士说，这两个卡通人物是一个韩国青年艺术家创作的，他一九九七年来明斯特学艺术。最初放在学校的展室，展览结束后，放到哪里就成了问题，恰好学校的负责人跟我们院长聊天，院长也喜欢现代艺术，就把它们摆到了这里。开始是借地儿存放，后来法院就拥有了所有权。

法院都这样充满书香，明斯特城当然更值得期待。那天傍晚，忙完正事，我和赵阳、胡罗安就结伴出去访书。从我们住处往老城方向拐个弯，在一个教堂的对面，有一家叫作 Antiquariat Soder 的古董书店，面积虽说不大，老书却是叠床架屋。问明我们的兴趣，店家一口气搬来三部大书，都是十六开毛边精装插图本。第一本是歌德的《浮士德》，第二本是席勒的《华伦斯坦》，第三本是德国的叙事史诗《尼伯龙根》。三部大书都是上世纪四十年代之前的出品，都附有许多美轮美奂的木刻插图。问问价钱，每本要价三四百欧，论起文物价值绝对算得上便宜，可论起囊中通货，我只有默然不语。正要悻然而出时，突然发现靠窗的角落里很随意地扔着一本比亚兹莱画集，抓起来一看，是一九四九年在汉堡印行的德文版，长十六开，硬面精装，封面素白，只用黑色印了比氏的自画像和签名。我强按住内心的狂喜，故作随意地询问这书的售价，店家开口要十欧，最后砍到了七个半欧。出来之后我才敢笑出声来，告诉赵阳他们我拣了一个多么好的宝贝。

拐过弯去，是一家大学书店，赵阳说，基本都是教科书，而且以法律为主，因为明斯特大学最古老的看家学科就是法学、医学和神学。一边说着，一边就在橱窗里看见了哈特穆特·毛雷尔的《一般行政法》和弗里德赫尔穆·胡芬的《行政诉讼法》，这两部经典的中译本都是我平时翻烂了的书，真想买下，可想想我从日本买回的几本日文行政法著作尚且还在冷架上供着，一字不懂的德文版更只能成为摆设，这样也就省了四十欧元。但在随后碰上的一家大型书店里，还是把钱掏了出去。这家书店叫作 Medium，是在我们酒店到拱廊长街 Prinzipalmarkt 的途中。店面类似我们常见的新华书店，但这家店里不只卖新书，架子上也夹杂着不少有价值的旧书，我在艺术画册区逐一细翻，生是淘出了几种。一种是一九七〇年 Insel Verlag 出版社在法兰克福印行的 *Russische Graphik des 20 Jahrhunderts*（《二十世纪俄罗斯版画选集》）。一种是 Dover Publications, inc 一九八八年在纽约印行的 *Maillol Erotic Woodcuts*（《马约尔情色木刻》）。几本书最低的只有四欧元，最多的也只有八欧元。看来，店家那句 We Discount Books 的口号还真不是吹的。

古城买画

明斯特确实是个艺术之城，在老街上走，每隔几个商店，几乎就会看见一个画廊。那天晚上从 Medium 书店回酒店路上，遇上一家已经打烊的画店，从仍然亮着灯的橱窗里，看见了一尊凯绥・珂勒惠支的雕塑和一张介绍凯绥・珂勒惠支生平作品的卡纸，顿时心痒难耐，直盼着明天早日到来，能够进店看个究竟。

凯绥・珂勒惠支对中国版画的影响可以说是决定性的。鲁迅是第一个把凯绥・珂勒惠支介绍到中国的人。那是一九三一年，在柔石被害之后，鲁迅偶然看到德国书店的目录上有珂勒惠支的一幅木刻《牺牲》，便将它投寄给了《北斗》杂志，算是对柔石的无言的纪念。在这幅画里，瘦骨嶙峋的母亲愤怒地托起婴孩。年轻的生命被战争褫夺，只有母亲兀自承担丧子之痛。这让人联想起中国那句俗话：白发人送黑发人。又让人联想起柔石那篇传世之作，作品的名字正是《为奴隶的母亲》。

鲁迅喜欢收藏珂勒惠支的版画，他曾委托美国记者史沫特莱去信求购珂勒惠支版画原作，先后收到二十二幅。一九三六年，他以这些原作为基础，自费印行了《凯绥·珂勒惠支版画选集》。在这本选集的序言中，鲁迅曾这样写道："她以深广的慈母之爱，为一切被侮辱和损害者悲哀、抗议、愤怒、斗争。"

叶灵凤也是喜欢珂勒惠支的。在太平洋战争爆发之前的一九四〇年，叶灵凤和郁风等几位南来香港的文人画家组织了一个耕耘社，除了两期图文并茂的《耕耘》杂志，还出版过一本《凯绥·珂勒惠支画册》，序文就是叶灵凤所写。在这篇序文中，叶灵凤回忆说，三十年代初，上海四川路桥附近有一家德文书店，曾经搞过一次小规模的版画展览会，展品中就有珂勒惠支的《反抗》和《突击》。他“从未见过一幅画面上表现着这样的紧张、有力和激奋。我站在这两幅画面前惊怔了。我很想拥有它，但每幅三十几块的定价，使我完全放弃了这种奢念”。

我自己对于珂勒惠支也是素来喜欢，但比叶灵凤先生还要可怜的是，不仅更加买不起，就是连她的原作，也不曾有机会亲炙，好像只在台湾买过一册何政广主编的珂氏的画集，后来在方家胡同子安的店里买了一张她的版画的复制品。要是能在明斯特收获一幅原版的珂勒惠支，该是何等的美事！

次日一天都在忙，快黄昏时终于自由了，我就拉着赵阳兴高采烈地奔往画店。画店的名字叫Kunstkontor Dr. Doris MÖllers。店主是位高高大大的女性，我说看来您就是Dr. Doris MÖllers了，她含笑点头称是。赵阳在旁边跟我用汉语悄悄说：

“兴许是位艺术博士。”我们跟她直入主题，点名要看凯绥·珂勒惠支。她拿来一尊雕塑，就是我昨晚在橱窗里看到的那个。我说我不要雕塑，要版画。她便搬出一个画框，小心地置于台上。我这一瞅，顿时血往上涌，原来是珂勒惠支的石版画《母亲们》的原拓！我让赵阳问价格，她说一万两千八百欧，不过已经被人订购了。我瞬时堕入失望的旋涡。不过转而又想，即便没被别人订购，这个价格你不是照样买不起？如此说来，被人订购还恰恰解了我的尴尬。我又问还有没有珂勒惠支其他作品，她摇摇头：“只这一幅。珂勒惠支在我这儿是来一幅卖一幅。”我原来一直以为，珂勒惠支只是在中国被捧红，在她的故乡德国未必如此，现在看来，在德国她的画照样抢手。

珂勒惠支无望了，转而打探麦绥莱勒。和珂勒惠支一样，麦绥莱勒也很被鲁迅和叶灵凤重视。麦绥莱勒生于比利时的勃兰根堡，与德国有一定的地缘关系，德国人对他应该不会陌生。我记着叶灵凤三十年代初买的四本麦绥莱勒木刻连环故事，就是得自上海的一家德文书店。果然，Dr. Doris MÖllers 从我的中文发音听懂了我说的是 Franc Masereel，她打开样品图册，翻开其中一页，正是麦绥莱勒，不过不是木刻，是油画。买麦氏的油画就没意思了，而且，那幅油画实在不好看，所以我也就没问价钱。

在店里四下看画，还都是难得的珍品，其中挂在墙柱上的一幅潘科克的木刻自画像吸引了我。奥托·潘科克（Otto Pankok）生于一八九三年，是德国上世纪二三十年代表现主义的代表画家。他可能还是杜塞尔多夫人，因为诺贝尔文学奖得主君特·格拉斯早年在杜塞尔多夫艺术学院上学期间，就是跟他学习版画。这位君特·格拉斯也是一位有趣的人物，他以长篇小说《铁皮鼓》获得诺贝尔文学奖，但却说自己的第一职业是绘画。他认为，绘画与文学密不可分，两者之间是

“一个有机的相互作用的过程”。他的许多诗集里都有他自已绘制的插图。在写作《比目鱼》期间，格拉斯制作了一大批与比目鱼有关的版画，并结集为《当比目鱼只剩下鱼刺的时候》，与作品同步发行。一九八〇年，当他写完《德国人会死绝？》之后，干脆宣布暂停写作，埋头从事版画和雕刻。格拉斯对于潘科克堪称师恩不忘，他曾创立一个“吉普赛基金会”，首次颁奖就颁给了他的老师潘科克，因为潘科克的木版画大量涉及吉普赛人，展现了吉普赛人浪漫的生活方式，反映了他们的历史苦难和不屈的反叛。

Dr. Doris MÖllers 告诉我，潘科克的这幅自画像作于一九四七年，是有画家本人花押的原拓。我问了问价格，比珂勒惠支那幅便宜多了，完全在可以承受的范围以内，又让赵阳再砍砍价，她又让了百十来欧。抚摸着画框的边缘，Doris 说：“不能再砍了，光这个镀银画框本身就值些钱，它完全是手工制作的。”然后是仔仔细细地包装，并且为我出具一份证明是原作的文件。

还想再逛逛别的画店，出门却发现天空飘起了细雨。胡兰那天说，初冬的明斯特几乎天天下雨，正像一句当地谚语所说：在明斯特，不是听教堂的钟声，就是在下雨。我们来北威州这几天，一直是阳光明媚，这时候突然下起雨来，分明是老天爷让我收手了。

书旅拾零

去杜塞尔多夫之前，就听说那里是全欧洲除伦敦之外最大的日本移民城市，在日本人聚居的一条街上，遍布日本的餐馆超市，有人还在商店里碰上过在德甲踢球的日本球员香川真司，就猜想，既然有这么多日本人，兴许会有日本书店。这个规律在香港已经得到过应验，在日本人扎堆儿的尖沙咀，日系书店就至少有两家：Tomato Books 以及智源书局。行前让懂德文的阿龙上网一搜，果然就搜出一家 Bookstore Nippon，是在伊默曼大街（Immermannstraße）五十三号。入住杜塞尔多夫 Hotel Wyndham Garden 后，日已西斜，看看到晚饭时间还有一个半小时，心想何不去找找伊默曼大街。主意已定，就腾地从床上跳下来。虽然明知礼拜天商店几乎都不营业，但总还抱着一丝侥幸心理，就算事先熟悉熟悉地形，也是没有坏处。

在前台要了份杜塞街区图，侍应生帮我在地图上分别标出了酒店和伊默曼大街的位置，说步行过去也就十分钟。常言说，条条大路通罗马，好几条路都能通往伊默曼大街，在一个米字形的路口，我像弗罗斯特一样久久伫立，心中念着那熟悉的诗句："黄色的树林里分出两条路，可惜我不能同时涉足。"我选择了其中一条，后来证明我走了弯路。走着走着，看见一个建筑上标着 DB 字样，就知道走到了杜塞尔多夫火车总站。DB 是德国联邦铁路公司(Deutsche Bahn)的简称，上午去科隆的时候，在大教堂的右手边就已见到了这标志。听德国朋友说，科隆火车站里面有家书店，趁着大家进大教堂参观的当儿，我还真过去找了，确有一大一小两家叫作 Ludwig 的书店，小的那家只卖报纸杂志，大的则类似传统的书店。我问店员艺术画册在什么地方，她告诉我在楼上，我到了楼上却没有找到任何这样的东西，只在文学区随便翻了几本书。书店旁边有个台阶，拾级而上，竟来到了站台。一辆红色的列车正整装待发。杜塞的火车站是不是也该有书店呢？我这样想着，就走错了路口，越走离伊默曼大街越远，等照着地图的指引终于来到伊默曼大街，离说好集合吃饭的时间只剩下了二十分钟，不敢再多耽搁了，就匆匆往回赶。归途中在 Bismarck 大街的街角倒是发现了一家叫作 Ankauf & Verkauf 的旧书古董店，隔着玻璃门望进去，坛坛罐罐旧书旧画倒是堆了不少，可惜营业时间都跟正事冲突，最终也没有逛成。

在我们酒店附近的弗里德里希大街（Friedrichstraße）二十四号，有一家 Buchhaus Stern 书店，事先也去踩过点儿，最后还真去成了。那天在老城逛完旧书店，我有点“吃顶了”的感觉，但高礼善和赵阳倒来了劲，说他们也想去 Stern 看看。陪同者都不觉得累，我有何惧，就穿过国王大道，一路走过去。真是一个图书大卖场，店内的陈设布局也相当考究。最难得的是，这家书店不仅卖新书，还在二楼开设有古董书店，去的那天还碰上全场五折。赵阳他们问我先逛哪儿，我说当然先上二楼。有年头的古书真多，匆促间让人不知从何下手。高礼善还惦着刚买来的那张残页，真找出了一本完整的《世界史》，找到我买的那张的页码，内容却不相同。几个人一合计才搞明白，这一本是德文版，与拉丁文的图版顺序当然有所不同。旧版画也有不少，翻了几个抽屉之后，我选中了一枚藏书票，是十九世纪的旧物什，构图并不十分醒目，图得只是年代久远，而且便宜，打完折几个欧而已。

到了明斯特，虽然逛了好几家店，但也有遗珠之憾。当地人说，在高等行政法院的后身，就有一家旧书肆，我们连着两天都去那儿进行工作交流，就是抽不出时间去寻书店。到了最后一个傍晚，想去的时候，却突然下起了雨，赵阳担心我背的宝贝给雨打湿，也就打道回府了。不过雨来之前倒是碰上一家有趣的书店，是在拱廊长街起始处，一间的门面，专门经营珍稀古书的复制品。店家拿了几种豪华大书给我们瞅，原刻的年代都在中世纪前后，复制品一概系依原样手工做出。撇去价格不说，单说这种羊皮封面恨不得镶上珠宝的气派，我就很不喜欢，也许给土豪装点门面，更能派上用场。店家是位老先生，明明看出我们不是买茬，还是很和善地拿出一册书给我们看，书是德文，书名我连蒙带猜把它译为《插图宝典》，介绍的是公元四百年到一六〇〇年之间世界上最美的手绘插图。书是大十六开，五百零四页，几乎每一页都有一到多幅彩色插图，千百年间的手绘经典尽收眼底。店家要二十欧，我们又砍砍价，最后以十五欧成交。

马约尔与维吉尔

北威州之行即将结束，肖尔茨专程坐火车从杜塞尔多夫赶到明斯特，代表北威州司法部为我们饯行。晚餐结束后走出餐馆，在一家日本杂货店的橱窗外稍一逗留，就没有跟上大部队，低头急急往回走，越走越觉得走出了老城。我们住的那家酒店，并没有电子门卡，用的是老式的铜质大钥匙，每次出门都要交回前台，所以就连酒店叫什么名字也不知道。望着厚厚的夜色，心里就微微有点儿发慌，只能凭感觉左拐再左拐。在一个路口碰上一位骑自行车的女生，用英语问她 Downtown 怎么走，她说你所说的 Downtown 是指哪儿，我对自己说你以为这儿是纽约啊还

Downtown，于是赶忙改口说老城，她说你直行再向左拐。我只走了几步，一抬头竟然就站在我们酒店的门前，前边回来的几个人还坐在门厅闲聊呢。

惊魂甫定，就躺在床上闲翻白天买的画册。马约尔的这本情色木刻，实在谈不上情色，虽然是裸女居多，但都是简笔勾勒，丝毫没有淫亵的味道。由卷首的出版说明可知，这一百三十五幅木版画，其实是为古罗马诗人维吉尔的《牧歌》《农事诗》等书所作的插图。阿里斯蒂德·马约尔 (Aristide Maillol)，也是叶灵凤喜欢的画家之一，一八六一年出生在法国西南部东比利牛斯省，是与罗丹齐名的雕塑家。说来也是有趣，马约尔能在雕塑方面闻名于世，很有几分无心插柳柳成荫的偶然成分。他曾去巴黎学画，但于绘画一途，一直难成气候。三十二岁那年突然迷上了织毯，于是在家乡开起了作坊，自己绘制底图并指导女工织造。不幸的是，狭窄幽暗的作坊和不知疲倦的劳作严重伤害了他的视力，到四十岁那年，眼睛几乎失明，无奈之下才转而投身不怎么费眼的雕塑，不想一炮打响。在所有美术门类中，我最缺兴趣的就是雕塑，但也不能不说，马约尔的雕塑真的很美。不过，作为版画控，我关注的还是马约尔的木刻作品。他真正投入版画创作，比雕塑更晚。直到六十四岁的时候，他为维吉尔的《牧歌》创作的木刻插图才得以完整出版。据说，这些木板画的板材，是他家乡班雨勒的一棵老梨树，它在一场暴风雪中被不幸刮倒。

维吉尔的全名是蒲布里乌斯·维吉尔乌斯·马洛（Publius Vergilius Maro），是奥古斯都时代的古罗马诗人，与荷马、但丁、弥尔顿并称为“欧洲四大史诗诗人”。他的传世之作除了《牧歌》，还有《农事诗》和《埃涅阿斯纪》。据斯维托尼乌斯在《维吉尔传》中透露：维吉尔的母亲怀着他时，梦见自己分娩，生了一根月桂枝，那树根一着地便生了根，立即长成一棵成熟的大树，结出各种果实，开放出许多花朵。当时还出现了另一个预兆，那就是孩子出生后，按当地习俗立即在孩子出生的地方栽植一根杨树枝，那树枝瞬间便长得像很久以前栽种的杨树，由此那棵树被称为维吉尔树，甚至被孕妇和产妇视为圣树，虔诚地在那里生育和还愿。也许跟他是草木之命有关，他的诗里满是各色草木，像什么榉树、赤杨、黄槐、荆榛、泥蒲、泽兰、丁香、罂粟、腊李、芦草、藤萝、豆蔻、水仙、地丁、桑葚、百合、青藿、女贞花、覆盆子、常春藤、狐指草、番石榴、金花菜，简直是个开满奇花异草的缤纷田园。维吉尔当然不是在一味堆砌花果，在他的笔下，花木与人，浑然合一。读维吉尔的《牧歌》，那种人类早期的纯净和天然，总让我联想起中国的《诗经》。孔子说："诗三百，一言以蔽之，曰：思无邪。"木心也是对诗三百推崇备至，他在《九月初九》一文中曾从诗三百入手，讨论人与自然之关系："野果成全了果园，大河肥沃了大地，牛羊入栏，五粮丰登，然后群莺乱飞，而且幽阶一夜苔生。”“中国的‘人’和中国的‘自然’，从《诗经》起，历楚汉辞赋唐宋诗词，连绾表现着平等参透的关系，乐其乐亦宣泄于自然，忧其忧亦投诉于自然。在所谓‘三百篇’中，几乎都要先称植物动物之名义，才能开诚咏言；说是有内在的联系，更多的是不相干地相干着。”我猜想，马约尔之所以独独钟情维吉尔，为他一画再画，恰是在这自然天趣方面寻得了共鸣。看他那干净到了极致的线描木板画，或执鞭牧羊，或倚栏吹笙，或树下嬉水，或花前相拥，婀娜的人体与妙曼的枝叶水乳交融，与《牧歌》的原文堪称天造的一对儿地设的一双。《牧歌》在中国，有杨宪益译本行世，一九五七年由人民文学出版社一版一刷，我当时还没出生，当然没赶上买。我买到的是今年的新版，出版方已经改为上海人民出版社。新版总体感觉不坏，咖啡色的布面也还整洁素朴，但外封失之呆板单调，反不及老版本那绿色的花边图饰美术字更存几分天趣。说句实话，这些年纸材讲究了，工艺先进了，软件方便了，但做出书来的味道，反不及“文革”前，更比不上老民国。不说别的，单就插图来说，老版本有的，新版本也大多给减掉了。直到睡觉前还在想，要是我出维吉尔的《牧歌》，一定不能少了马约尔的插图，否则就真成了东飞伯劳西飞燕，棒打鸳鸯四下飞。

港九访书五日记

第一日

乙未年的初冬再来香港，直到出发的前一天才将行程确定下来。城市大学和香港三联都问我要不要安排住处，我不好意思添麻烦，更主要的，是想尽量节俭些钱好去满足自己的买书癖。在携程网上专拣尖沙咀一代的廉价客房搜索，不想懵懂之间做了一件非常冒险的事情——我把住所定在了重庆大厦！重庆大厦有什么好惊讶的？它就是热传一时的北京女大学生在公共浴室洗澡被外籍男子跟踪强暴的地方。这事我当时有听说，但没有特别留意事件发生的地点。

我是到了重庆大厦之后才感觉这地方有着不一般的诡异氛围。门口马路上南亚人非洲人三五成群，进来之后是一个破破烂烂的批发市场，低劣的小商品横七竖八，空中还充溢着令人作呕的咖喱气味。七拐八拐找到E座的电梯，并排两部，上方悬挂着电梯内部实时监控的显示器。上电梯之后才发现没有我要到的九字，全是双号。在十楼下来想从楼梯走下一层，却找不见楼梯。这时不知从哪儿传来讲英语的声音，对我详加盘问，我跟他打听楼梯，他说你必须下楼再坐另一部电梯上来。旅馆的名字叫 Unique Hotel，其实就是住宅楼的一个单元，像这样的单元旅馆，一层就有好几家，偌大的重庆大厦里少说也有几百家。房间小得坐在床上穿鞋要把双脚举向天空。

是到晚上才好奇地上网搜索重庆大厦，不光知道了这里曾是强奸案的现场，还知道了王家卫导演的《重庆森林》就是在此取景拍摄。香港中文大学人类学教授麦高登在吃遍住遍重庆大厦之后写了一本书——《世界中心的贫民窟》，麦高登说，重庆大厦是他到过的最为奇特的地方。“你在这里可以从一个克什米尔店主手里同时买到性援助服务、盗版周杰伦唱片和新版皮制封面的《古兰经》，并且他可以用五块硬币满足你任何找零需要。”美国《时代》杂志曾评论重庆大厦是最能反映全球化，最能反映香港多元文化特色的地方，因为里面的住户和商户来自全球一百多个国家，简直就是个“小联合国”。看到这里我先是倒吸了一口冷气，接着忍不住笑出声来——许多文青还专门来此体验呢，我误打误撞住进来也未必不是一次有趣的经历。

重庆大厦破则破矣，位置却格外得好，在弥敦道上紧邻地铁站，向南百十来米，就是维多利亚湾边的星光大道。更重要的是，周边的大小书店星罗棋布，比方说，叶灵凤先生生前爱逛的辰衡书店，就在它对面的乐道上。所以我撂下行李，就直奔辰衡而去。辰衡书店也是家百年老店了，英文名字叫作 Swindon Book Co. Ltd.，主要经营英文书，也有少量中文书。我在这里捡到过大便宜。那还是第一次来的时候，在书架的转角处看到一本有些泛黄的书，拿起一看，是辰衝书店自印的唐英伟《版画与雕塑》，虽说是一九七〇年的初版本，定价却只有七十五港币。第二次去，又见摆着三本，我不假思索就把它们连锅端了。唐英伟是鲁迅极为器重的木刻画家，他一九一五年出生于广东潮安，毕业于广州市立美术学校国画系，曾与李桦等人在广州共同发起组织了现代版画会，并创办了被鲁迅誉为“内容以至装订，无比优美”的《现代版画》。唐英伟还是中国第一位出版个人藏书票专辑的作家。第二次世界大战的突然爆发，使得他的作品全部被焚毁。经过了一段颠沛流离的生活，劫后余生的他定居香港。叶灵凤一九六八年春上曾买到一本由唐英伟绘制插图的关于本港食用鱼的书，叶当时说过这样一句话：“他在本港渔业农林处任职多年，已很少与过去诸人来往了。”唐英伟不独在港“神龙见首不见尾”，对于内地读者来说更为“神秘”，所以这本堪称罕见的《版画与雕塑》颇让我引以为得意，也更加深了对于辰衝的好感。

好运气不会总有，这次在辰衝就一无所获，这也是意料之中的事。略带惆怅地往尖东方向走，想去漆咸道逛逛那家叫作 Tomato Books 的日文书店，到了地方却不见画满整面外墙的红绿两色的 Tomato 广告，以为走错了地方，可是转了一个回字形，还是回到了这里。仔细打量了一番通往地库的那个门，确信地点并没搞错，就知道八成是不幸歇业了。有些惆怅，但也不觉得奇怪，这种事在香港可能每天都会发生。本来周边还有几家小书店，但谁敢保证就没有歇业呢，所以也就不去冒险，干脆直奔铜锣湾的诚品，那样一个书界巨鳄总不至于说歇就歇。诚品主要卖台版书，台版书的设计制作很有东洋风，但总体来说，却是形式好于内容，花花绿绿地挑了好几本，犹豫再三之后还是忍痛割爱了。只留下了两种：一种是何政广主编的世界名画家全集中的《麦约》。麦约是马约尔的港台译法，叶灵凤日记中提到他就是用的这个译名。这本书的图版以绘画和素描为主，雕塑所占比重反而不大。当中收入了布拉塞撰写的《麦约的工作室探访笔记》，很有现场感，从中也了解了麦约晚年的专职模特蒂娜·维约尼。说起来，画家与模特之间多存暧昧，越是大画家，似乎越是如此。叶灵凤曾在《同毕加索在一起的生活》中读到作者吉诺的这样一段自述："毕加索借口上午人多，示意吉诺在下午来。毕加索指示她看版画，然后带她入睡房说看看她的肉体是否如他所想象的那样，动手脱去她的衣服。"叶灵凤感叹："即使是当代第一名的大画家，他想向一个女子入手，所采用的也仍是这一套。"吉诺还写道：有一次，毕加索带着她去拜访马蒂斯，推门进去，发现马蒂斯正在同他的女秘书调情。双方皆甚尴尬。云云。

在诚品买到的第二种，是联经出版新近推出的李志铭的《旧书浪漫》。这个李志铭也真是能写，差不多每次来香港总要碰上他有新书出版。这个李志铭也真是有料，每一本书都能给人提供炫目的书窗风景。台北旧香居书店店主吴卡密在给这本书写的序里说：“每个书痴书虫的演变过程，大抵不外乎从一开始买书是出于需求，买需要读的书、特定作家的书，接下来是从新书买到旧书，想搜尽所喜欢类别的书，并立志要读完所有的书！最后是追求特殊版本：限量毛边、装帧特别、书封美丽，甚至到即便是看不懂的文字也统统纳入书架，买书、玩书、藏书一次到位，书痴书奴已经确立！严格说，十多年累积下来，志铭已离最后阶段不远矣！”旧香居在台北城南龙泉街八十一号，李志铭说：“旧香居女主人人本身便是店内可移动的风景。”女主人名叫吴雅慧，因为去了趟法国留学，朋友们便开始称呼她法文名字“卡密”。旧香居可不只店主长得好看，书也好看，李志铭就在那儿淘到了几本非常好看的书——谷崎润一郎的《梦の浮桥》、《键》与《疯癫老人日记》的初版本。“装帧形式采用平背书盒精装，搭配封面版画作品的刀痕墨印幽黑交错，形成了线条流动和斑斓色块对比，由内而外迸发着一股不可思议的魅力及律动，其间佐以朴拙饱满的木刻文字点缀，仿佛布满鬼气似的生命感，不惟气势磅礴如滔滔大河奔流，且极富有禅味、意韵绵长。”书的设计者是日本天才的木板画家栋方志功。虽说我有一大卷栋方志功木刻大栅，也还是被这些封面设计所营造的夺目惊艳所震撼。真羡慕李志铭，真羡慕台北有旧香居这样的书痴的乐园。

第二日

从上午到晚上都在城市大学办事，忙中偷闲，竟也就近逛了两家书店。首先是叶壹堂。叶壹堂的英文名字是 Page one，便是在北京也有好几家了。香港的叶壹堂，除了机场的几家不能看外，海港城和又一城这两家都还有些规模。又一城与城市大学通过一条过街隧道连成一体，在城大念书那会儿，上下地铁或者午间休息时段在叶壹堂消磨一番，几乎成为保留节目。但这家书店和北京三里屯的那家一样，书的品种越来越少，以至于越来越不愿意涉足。此次前来，亦是如此。好像美术画册区还在进一步萎缩，完全没有可看的东西。

然后就是城大的校园书店，这家书店是商务印书馆所开，就设在学术楼的首层，邵逸夫图书馆的门外。比较起来，城大的书店多了些平民气，港大的书店则洋味儿更浓。不过我在城大买书远远多过港大，印象中只在港大买过一册 Austin Coates 的 *Myself a madarin*，是一九八七年的纸皮本，不过也只趁着热乎劲儿翻过一两篇，到现在为止一直束之高阁。说来有趣的是，我在《香港寻书》中写到这本书的时候，还没有注意到叶灵凤也看过也介绍过这书，那篇文章的题目是《“洋大人”的回忆录》，他把书名译作《我自己也是老爷》，并说这位法官写的小故事“极富于喜剧趣味”。由此也可看出，叶灵凤读书有多么广多么杂。

大半年不来城大书店，感觉还是那个格局，没有多少变化，好多书好像也一直待在原来的位置上没动。新书当中特别感兴趣的不多，先是凑了一抱，然后是躲到一个角落里复审，最后，只留下两本薄薄的小册子，一是《孤星泪》，二是《顽童汤姆》，每本才十几个港币，花钱不多也算过了买书瘾。上个世纪五六十年代，香港中华书局曾经推出一套普及性的“中华通俗文库”，数年之间共出版三百二十种。最近精选了其中十种，依原样复刻发行，《孤星泪》和《顽童汤姆》就是当中的两本。这套小书不光充满怀旧情愫，插图也颇有几分古风。买这书之后一小时，在环形广场行走时突然后背被人拍了一掌，惊回首看到一个熟悉的面孔。我说这一拍像回到七十年代，她说是啊，那个年代多真诚啊。

晚餐在又一城的八月花，酒干人散时书店也都锁门了，只好回重庆大厦那个斗室上床躺着，睡着之前把一本《孤星泪》读完了。雨果的《悲惨世界》有洋洋五大卷，竟给缩写成短短的三十八页，整个故事还是那么完整动人，这位名叫承先的缩写者真的让人佩服。我是三十多年前在大二时读的《悲惨世界》，如今再买这个小册子，首先还是冲着里面的老插图。小珂赛特，那个还不到六岁的可怜的孩子，衣衫褴褛，在寒气中战栗，天还没亮，便拿着一把大扫帚，用她的小红手紧紧握着它打扫街道。我相信，珂赛特的形象之所以令人难忘，插图的作用绝对不亚于小说本身，巴亚德的插图实在称得上经典。

第三日

在大角咀橡树街住的那两个月，西洋菜街不知跑了多少趟，那可是二楼书店云集的地方。所谓二楼书店，并非都在二楼，也许是三楼，也许更高，像新亚书店就在十六楼，反正能在迎街的底商开书店的实在不多。西洋菜街是个步行街，游客摩肩接踵，在各种时兴商品的丛林中，那几个二楼书店的招牌看起来是那么亲切。二楼书店一般开门较晚，十点的较多，十一点的也有，学津书店那个怪老头，有时日斜西天还不见踪影。时光流转到今天早晨，好不容易挨到了时辰，兴冲冲奔西洋菜街而去，第一站当然会选我印象最好的乐文书店。那个胖乎乎不太会说国语的老板依然把着收银台，店伙们是否换了一茬没太注意，注意力从一开始就集中在了书上。但说句实话，这一次的收获却创下了我逛乐文的历史最低点——走的时候只揣着一本。

这一册“孤本”，就是钟芳玲的《四季访书》，台湾远景出版今年十月刚刚推出的新书。钟芳玲是一个传奇一般的书女，潇洒地游走天下，逛遍了世界各个角落有趣的书店。她此前出版过三本关于书的书：《书店风景》、《书天堂》和《书店传奇》，前两种我都买了，到了《书店传奇》突然不想买了，或许是审美疲劳，或许是不喜欢越来越豪华的书装，或许只是因为作者小照里钟芳玲头上增加的那一顶白色的包头巾。所以，这本《四季访书》买不买，一直觉着是个问题。直到读了书中的几篇文字之后，才确信买得还值。钟芳玲自己也说：“看过、写过无数家书店之后，这些旅游明信片似的影像让我产生审美疲劳，如今能在我心中深深烙印者，是与我有互动、能激起我阅读兴趣、让我巧遇或寻觅新旧好书之处所。”看来钟芳玲终于不再只是一个耽于看景的丫头片子。

深刻犹如秋季的残荷，春天的花热闹归热闹，总是有些肤浅。书也如此，旧书有味；书店也如此，旧书店也似一瓶陈年的老酒。钟芳玲写伦敦的旧书街西索弄堂，一家一家的老店，每家都有一大本的故事。可最让人动容的，还是那一组“消失的书店风景”，七家书店，各家各有自己消失的理由，有些是店主人年迈退休，有些是店主人离世，有些是迁移他乡，有些则像是一出有计划、有时间表上演与落幕的实验剧，还有些当然是因网路冲击所造成的常见案例。其实这些消失的书店也就如一叶一叶的残荷，凄婉，但绝对真实。池塘里哪有不败的莲花，天底下哪有不落幕的戏剧。

乐文书店之外，西洋菜街口的二楼书店就属田园书屋有得逛了。这两家店的布局风格大体相近，但说不上什么原因，总觉得乐文更舒服一些。不过今天在田园的收获要大于乐文。两本书都与香港史地有关。第一本是苏子夏编《香港地理》。这本是一九四〇年出版的中小学地理教辅读物，在纪念香港重光七十周年之际，商务印书馆将它原样复刻。全书不过百页，又很好读，所以连夜就将它看了一遍。正如本书的副标题所言，“山海依旧风物在”，七十多年过去，香港也有非常大的变化，尤其是重新回到了祖国怀抱，但念起书中一个个熟悉的地名，就好似这书刚刚写就一般。编者苏子夏北大出身，任职商务印书馆达三十余年，好学而渊博，尤以史地擅长。他本名锡昌，子夏的笔名乃取《礼记》“子夏丧其子而丧其明”之典，用以纪念突然患病离世的长子。那个年代的人写的书真是简练隽永，普及知识之外也能获得阅读的美感。尤其喜欢苏先生写香港蝴蝶的这段：“昆虫以蝴蝶最足注意，有颜色极美丽者。荔枝角东北之谷中，终年有蝴蝶蹁跹，故有蝴蝶谷之名。”第二本是关礼雄所著《日占时期的香港》。这本书一九九三年的初版本我有，是古今香港系列的一种。这次再版，香港三联书店请作者进行了增订。关礼雄是一位执业律师，能够写出这样一本香港沦陷史的经典著作，亦属多才多艺。

从田园书屋下来，才看到香港三联侯明老总半小时前发的微信，问我走到哪儿了，后边又补了一条，说约了叶中敏老师一起在北角的曼谷泰菜吃饭。赶忙坐地铁赶到北角，侯明老总已经在等，过一会儿叶中敏老师也匆匆赶来，说昨晚熬夜看球凌晨六点才睡。她将一个袋子放我旁边座位，我一眼看到了她答应送我的她妈妈也就是叶灵凤夫人赵克臻的诗集，迫不及待地埋头翻看起来。诗集为自刊本，名曰《自我诗草》，书名和作者名都是作者题署，烫金印刷。卷首有赵克臻先生写于一九七九年三月六日的《自序》，不仅讲述了自己学诗写诗的经历，还透露了一些她与叶灵凤先生在现代书局相识进而结婚的珍贵史实。赵克臻六岁已能背诵唐诗一百首，高中毕业那年就有诗作发表在上海的《大报》。后来为了自己的爱好而放弃读法科大学的志愿，考进了现代书局，担任由田汉和夏衍主编的《舞台与银幕》的助理编辑。那时，叶灵凤是现代书局的总编辑，有一日赵克臻将《大报》给他看，以为他一定也会称赞一番，谁知他看后只是淡淡一笑，并且说他不喜欢旧诗。赵克臻写道："这是我第一次受到教训"，"真使我十分气恼，好像给他泼了一盆冷水，因为没有任何人向我说过这样的话"。但在叶灵凤和赵克臻身上，似也应验了那句古话："不是冤家不聚首"，现代书局改组后，赵克臻和叶灵凤同时离开，不久他们就结婚了。那是一九三七年的一月一日。婚后第二年，他们来到了香港，按照赵克臻的说法，"我们终于相对了三十九年"。

中敏老师说："你别光顾着看书，我这儿还

找出了一件老古董呢，餐馆里不方便看，待会儿去三联侯明的办公室看。”我问是什么宝贝，她说是她爸爸妈妈七十八年前的结婚证书，还有一本结婚典礼的礼金册。到了侯总的办公室，大家迫不及待地欣赏那件老古董。结婚证书装在一个画筒一样的东西里，纸筒外面的印刷字样显示，这还是上海中华书局的出品。结婚证书是一面八开的铜版纸，保存得就跟刚刚印好一样。以牡丹喜鹊的图案围成一个栏框，中间毛笔小楷书写的文字是：

叶灵凤　江苏省江宁县人现年三十二岁中华民国纪元前七年四月九日寅时生

赵克臻　浙江省吴兴县人现年二十三岁中华民国三年五月一日巳时生

今以双方同意订为夫妇于中华民国二十六年一月一日下午吉时在上海行结婚礼永敦和好偕老百年此证

证婚人　吴铁城

介绍人　顾苍生　周壬林

主婚人　叶性甫　赵伯瑛

订婚人　叶灵凤　赵克臻

中华民国二十六年一月一日订

叶中敏说："吴铁城是当时的上海市长，黄苗子做过他的秘书。两位主婚人叶性甫和赵伯瑛，应该分别是男方和女方的家长。"至于顾苍生、周壬林，应该是两位律师，结婚证之外，还有一份律师证明，署名的就是他们二人。顾苍生还是邵洵美的好友同窗。方韶毅发表在《东方早报》的《婚房不速客：读邵洵美手札》一文说："苍生者，顾苍生也，邵洵美的中学同窗。人家新婚燕尔，苍生占据书桌习字作画，可见交往不浅。一九二七年，邵洵美为南京特别市市长刘纪文邀请担任秘书长，便带了顾苍生做助手。邵洵美开办时代图书公司，出版《十日谈》《人言》《见闻》

等杂志，顾苍生都曾参与编辑。上海沦陷时期，邵洵美生活拮据，与办律师事务所的顾苍生一起炒股票，维持生计。上海解放后，时代印刷厂的设备被新政府收购，邵洵美得了一笔钱，还与顾苍生等合作办过时代书局。”邵洵美的那幅手札写得也很有趣：“苍生本不俗，而犹虚心求雅。偶得时人墨宝，如获至珍。丁卯年，余新婚未久，闺中情多，少出酬应。而苍生辄据余书案临书法、习画稿，讨厌非凡。当时不速之客尚有诗人志摩，见笔动而手痒，窃余扇面录新诗以赠之。苍生爱诗而不识诗中真义，志摩因以故宫衰况告，并谓此诗乃借老年人口吻道溥仪被逼出走事也。苍生大悟，喜不自胜。早夕京话连篇，大有旧殿鹦哥情趣。而今志摩去矣，睹物思人，因志其始末，以道我三人之一段因缘，而付苍生也。”

邵洵美与叶灵凤关系也不浅，但在那本礼金册上，却不见他的名字。本子上记载的当时文人，有戴望舒、穆时英、刘呐鸥、戴杜衡、施蛰存、赵景深等，一般都是礼金四元。画漫画的张光宇、张正宇、黄苗子、鲁少飞等人是集体致礼。有一位李浩然，是上海《新闻报》的社长，他与《大公报》社长张季鸾齐名，一时有北张南李之说。中敏老师说，李浩然的女儿跟她妈妈是上海智仁勇女子中学的同学，当年她去上海采访，她妈妈还托她去看望过这位李小姐和另一位同学白小姐。礼金最高的是周尚夫妇，送了二十元。中敏老师说，周尚是她爸爸的姐夫，他在国民党政府里做官，所以爸爸不怎么喜欢他。这个礼金册是个粉红的线装本子，封皮上写着“百年好合 二十六年元旦 吉日”。叶中敏说，这套结婚证书妈妈一直郑重地珍藏，搬家的时候也不忘先抱着它。我们后来把它混到一堆画卷里了，所以怎么找也找不到，直到最近才又发现了它。

这趟三联也没白来，侯明老总送我他们出版社今年新出的一本大书，周家建、张顺光合著的《坐困愁城：日占香港的大众生活》。日占时期的三年零八个月是香港百多年殖民地历史的一个黑暗片段，也是香港史研究中一个较薄弱的环节。借着今年香港重光七十周年，香港各家出版机构颇推出了几种相关著述，这一本《坐困愁城》可说是另辟蹊径，透过一百多件稀见的旧单据、旧报纸、旧照片、旧明信片等文物，还原了那段黑暗的岁月。我感兴趣的是当中两枚堀内书店发行的香港风景明信片的封套。堀内书店是日占时期香港有名的日文书店，位于毕打街十二号。香港文学研究者黄振威说，沦陷时期叶灵凤供职的大同图书印务局就在毕打街的毕打行，与堀内书店近在咫尺，所以堀内书店成为他沦陷时期逛得最多的书店。

侯明老总还送我一册丘东平的《向敌人的腹背进军》，以抗战时期木刻画作封面的设计我非常喜欢。丘东平是中国现代战争文学的开拓者，他在抗战中加入了叶挺领导的新四军，并跟随陈毅挺进江南，转战苏北，最后在掩护华中“鲁艺”

师生突围时壮烈牺牲，年仅三十一岁。丘东平的《向敌人的腹背进军》一九四〇年由新四军战文社出版，白棉土纸印刷，毛边本。丘东平研究者张业松教授曾经写过一篇《寻找东平佚书》，担心此书已经永久失传。不意一位喜好藏书的王政先生藏有此书，且保存完整，毛边犹存，并且愿意拿出来由香港三联影印出版。这倒真是一段有趣的书林佳话。

既然来到北角，精神书局不能不去。离开三联，从英皇道拐到渣华道，过不了几个街口就看到了精神书局那熟悉的店招。但好书实在没有，挑来拣去，勉强拿了一本白先勇的《台北人》，也算不虚此行。《台北人》不知道有多少个版本了，我曾买过陆智昌为广西师大出版社设计的小精装，这一本则是台北的文学出版社一九七六年的第十一版。虽然有些简陋，但目录页和篇名页上的花卉装饰还是很有几分古早味道。精神书局从五十年代在旺角奶路臣街的街口挂墙铺开始，一直经营了五十多年，目前的店主已经是第三代传人。除了北角这家，在香港大学附近还有一家西环店。我本来次日要去西环逛逛的，但在乐文书店拿了一份免费赠阅的《读书好》月刊，却从头条文章《留住精神》里看到一则惊人的消息：西环那家店已经在上个月光荣歇业！在这篇访谈中，精神书局第三代传人黄宝龙透露，歇业的最直接原因是港铁通车，“港铁通车的确令整个社区的交通变得方便，不过也没有为书局带来什么帮助，很少人会因为有了港铁而特意过来买书，真正有心的读者，哪怕没有港铁也会照样过来，反而饮食生意就真的会受惠的。”事实上也正是因为饮食生意的升温，造成了租金的上扬，导致西环店难以续租。我晚来一个月，没有赶上西环店结业前组织的不眠夜读，只希望下次来时北角店还在，或者，黄宝龙又在其他什么地方开起了分店。

第四日

去油麻地众坊街的中华书局，必须有一个齐整的时间，必须带着非常郑重的心情。在我那次长住香港时，这家店一开始并未发现，一旦发现了就特别喜欢，卖场较大且不说，书的品种也偏向学术，而且国版港版台版兼容并包。总之在这个书店打书钉，心情会格外的宁静。今天没有别的安排，可以心无旁骛，所以最适合到众坊街去。去得有些早，门还未开，于是沿众坊街向西，到庙街一带随意漫步。庙街之得名，是因为临近一座天后庙。天后庙外面的广场有一棵老榕树，所以这个地方又被称为榕树头。庙街是著名的夜市，每日掌灯时分就开始挤不动了，现在这个点儿却清静得很。听人说庙街上也有一家小书店，有天晚上在这儿喝酒，特意沿街找了找，熙熙攘攘的根本见不到踪影。

估摸着时间差不多了，乃停止漫步，兴冲冲进了书局。首层的新书陈列简单一浏览，就径直上了三楼。三楼的空间最大，学术书籍主要集中在这里。依兴趣先后把文学、史地、美术几个区逐个扫了一遍，共得书五种，全与香港史料和文事相关，而且或多或少对叶灵凤都有涉及。

首先吸引我目光的是《浊世消磨：日治时期香港人的休闲生活》，封面是一个着和服的女子和一个着现代裙装的女子并肩站在山脚下的池塘边看人游泳。这幅照片系借用日治时期出版的《大同画报》第一卷第二期的封面，那个画报正是由叶灵凤供职的大同图书印务局出版。《浊世消磨》也赶上了纪念“二战”胜利和香港重光这股出版热潮。书由中华书局印行，作者周家建任职岭南大学，是治香港沦陷史的专家，此前曾与别人合著过一本《吞声忍语：日治时期香港人的集体回忆》。周家建说，日治时期的岁月是一个浊世，“浊世消磨，看似给人一种‘吃喝玩乐’的印象，但内里却可能存在着屈辱与辛酸”。叶灵凤在三年零八个月里滞留香港，自然也要消磨浊世，自然少不了屈辱与辛酸，自然也少不了时人后人对他的臧否评判。这本书的卷首就有一篇香港大学文学院名誉副教授刘润和写的《浊世消磨》，对日治时期的叶灵凤作出一番振聋发聩的评价：

战前不少文艺工作者都反对亲日主张的“和平文艺”论，戴望舒、叶灵凤就是其中两个例子，但于日治时期，为了苟存性命于浊世，及为了生活，也难免走上同一消磨志气的汉奸路途上。话虽如此，由于叶灵凤始终没有片言只字交代过这段岁月的经历，我们怀着对他至深的同情与敬意，才说了上面“为了苟存性命于浊世，及为了生活”的结论，其实单看一些他当时刊于《大众周报》的社论及小说评论如《中国人之心》《骑虎果难下乎》《圣战礼赞》等等篇章，其中的汉奸嘴脸实在难看，而他所负的汉奸污名，最多只能算是一件悬案，尚未能彻底清洗干净。

不过本书作者周家建却在《收编报章 控制言论》一章中指出："文化人在副刊内发表的作品，虽然要切合当时政治环境而难以自由地创作，但在他们的作品中，亦可感受到那种生活在浊世的无奈。"他援引了张咏梅对于日治时期《华侨日报·文艺周刊》的研究成果："她表示叶灵凤散文《乡愁》引用屈原《九章·哀郢》以自况，表白自己思念故国的心迹。另外，叶灵凤《读独漉堂诗》则隐喻自己身处异国统治的地方，带着前朝移民的亡国郁结。"比较有史料价值的是，除了《大同画报》之外，本书还披露了另外两种过去并不多见于著录的日治时期的杂志，分别是《写真情报》和《读物と解说》。《写真情报》由香港占领地总督部报道部编辑，堀内书店发行。第一卷第一号发行于一九四三年十月十四日，该期有叶灵凤的《时代诗话》（署名白门秋生）。《读物と解说》是日语月刊，发行者是香港日报社。香港日报则分别有中文版和日语版。《读物と解说》第一卷第一号发行于一九四五年四月一日，有叶灵凤的《香港植物志》。第二号发行于五月一日，有叶灵凤的《江南を忆ふ》。第三号发行于六月一日，有叶灵凤的《江南を忆ふ（续）》。我曾询问过叶灵凤的女儿叶中敏，她父亲是否懂日文，她说不懂，应该是别人翻译的。

接下来的一本是《炉峰古今》，这是珠海学院香港历史文化研究中心出版的香港历史文化论集的二〇一三年卷，主编是萧国健和游子安。炉峰指的是港岛的太平山。清代的时候，香港岛亦称红香炉，据说从前有一红香炉自海上漂至今铜锣湾天后古庙前，为当地人拾获，以其为天后显灵，遂建庙供奉天后，并于神坛前置放，还把庙后之山称作红香炉山，以后更简化为香炉峰和炉峰。现在的山顶仍有炉峰峡景点，是位于扯旗山和歌赋山之间的一个山坳。这本《炉峰古今》属于论文集性质，所以刚开始我并不十分着意，翻弄目录时突然有一篇文章跳入眼帘，标题是《香港史上被遗忘的英雄——香乐思》，我心想定会牵扯到叶灵凤，一看果然。香乐思本名G.A.C.Herklots，一九〇二年出生在喜马拉雅山下印度北阿坎德邦的湖岸山城奈尼塔尔，一九二八年十二月，二十六岁的香乐思来到香港大学生物系任职，从此开启了一段不凡历程。有人说，香乐思“很可能是香港有史以来最伟大的博物学家”，他出版的《野外香港》更成为香港本地自然写作的经典。战后叶灵凤进行香港方物研究，受香乐思的影响很大，就连香乐思这个音意俱佳的汉名，也是出自叶灵凤的手笔。我们查叶灵凤自己的记事，见到一九五一年一月十四日记载：“在别发书店，见有前香港大学教授香乐思新出版之 *H.K.Countryside*，系杂谈本港之草木虫鱼者，价二十五元，以近日余钱不多，未敢即购。”过了两周，他终于又去别发把这本书买了下来。在这之间的一月十八日，他便拟定了“以《草木虫鱼》为题，写关于香港的小文”的计划，并着手搜集资料。二月十三日，他还写了一篇介绍香乐思新著的短文。这一天的日记也少见地有闲笔描写花木：“瓶中碧桃怒放，盆中水仙亦盛开，满室春意盎然。”到了一九五三年九月十一日，更直言：“写《香港的鸟类》，系以香乐思的小册子作根据。”

论文的作者彭玉文说：“香乐思写此书以欧美人士为读者，断想不到，最会欣赏此书，并把本书发扬光大的一位读者，是从上海南来的‘新感觉派’‘都市派’‘浪漫唯美’作家叶灵凤。叶灵凤把《野外香港》很多内容都转化以至节译在他传世之作《香港方物志》。”“越来越多年轻一辈爱上这本老书，最主要原因是叶灵凤对香乐思作品进行文本置换，把英国殖民地文化中的优秀部分，也就是西方自然文学的实证传统，作为营养，注入中国草木虫鱼小品中，一改感慨多观察少、无病呻吟、缺乏生动真实的细节、堆砌概念之旧貌，使有识见的国内读者惊艳。”

叶灵凤对于香港史地的研究颇为着力，这也反映了他对于香港本土的融入，与此相应，香港本地对于叶灵凤也就比其他候鸟一样来来去去的内地文人更为接纳。今天买到的一本《早期香港新文学作品选》，就选了叶灵凤的文章五篇，其他南来文人得享这种待遇的，只有戴望舒和许地山。这书的编者郑树森、黄继持、卢玮銮在卷首的编选报告中专门谈到了这一问题，对于众多南来文人的取舍，他们大致采用了这样几个标准：居港时间的长短、产生影响的深浅、作品取材的本土性。例如死于斯葬于斯的萧红，竟没有一篇入选，就因为“他们这群人的取材多与香港无关”，他们写的仍然是中原文学而不是香港文学。三位编者还谈到一个有趣的现象：在香港，左中右都有生存空间，这也是为什么台湾和大陆都能在这里找到某种认同感。卢玮銮说："英国人以殖民地方式管制香港，但依旧很重视人权、法例。"郑树森说："因此，可说是殖民地体制在历史的错误里，无意中作出贡献。"黄继持说："正因为他没有做什么，所以我们可以做点什么。可见文学艺术活动的吊诡性。"

说起来，"本土意识"近年来又成为香港的热门话题。整整八年没有写过文章的沈西城也在董桥主政的《苹果日报》副刊《苹果树下》开起了专栏，结集成书时还取了一个时兴的名字：《本土文化圈沧桑史》。在《文坛掌故专家方宽烈》一文中，沈西城透露，一九七二年夏天，他曾在中环万宜大厦的红宝石餐厅见过叶灵凤。沈西城回忆：

当年我跟也斯、小克、覃权等志同道合的年轻友人合办《四季》月刊，因有一篇文章提及六十年代上海新感觉派先锋穆时英，为了验明真相，丰富内容，特意拜托刘以鬯先生约晤叶灵凤。叶灵凤那时已有目疾，出入不便，很少接受访问，可为了老友穆时英，他还是由他的女儿中娴搀扶着来见我们。席间，叶灵凤畅论了当年日本新感觉派在上海发展的情况，提到穆时英和刘呐鸥这两位老朋友，叶灵凤的声音开始哽咽，眼睛也红了起来。

叶灵凤与穆时英的关系，按照叶灵凤自己的说法，是曾经和他有过“相当”的友谊。当他们共同痴迷于新感觉派小说的创作时，都住在上海虹口的公园坊，称得上朝夕相处，如切如磋。他们俩还共同主编过《文艺画报》。然而乱世无常，抗战开始后，穆时英竟沦为叛国的奸逆，一九四〇年六月二十八日，被潜伏上海的“锄奸”组织射杀，“短短六个月的小汉奸的生命，就断送了一个二十九岁的青年生命”。今天买到的《早期香港新文学作品选》恰巧收入叶灵凤事隔三日所写的《哀穆时英》。文中写道：“在只有抗战到底才是整个国家民族，甚至个人的唯一的活路的当前，其他妥协投降的途径都是死路。一个人走上这一条路无异于是自杀，而一个人一旦真的踏上这一路之后，他已非我族类，他的存在与否早已不值得加以考虑了。”言之凿凿，犹如在耳，仅仅过去一年半，叶灵凤便突然转向，附逆于日本占领军，总觉得不合逻辑。

许多历史谜团需要探本索微，有些可能永远无法还原真相了。在中华书局所买的最后一本书，正好也起了个《探本索微》的名字，这是萧国健教授的香港早期历史论集，由中华书局（香港）于本月新鲜出炉。谈到香港史之研究，亦无法回避叶灵凤。萧国健在《近五十年来之香港史研究》

一章就写道："叶灵凤先生及吴灞陵先生亦常于各大报章发表香港史迹考证文章。各学者之考证多偏重香港前代宋明间之史事，他们掀起香港史研究之风气，厥功甚伟。"也许是受到叶灵凤先生的影响，也许是进行叶灵凤研究的需要，我对于香港史地方物之类的著述搜求较多，在香港的几乎每一个书店里，都会有一到几个香港研究专架，那是我最感兴趣的部分。萧国健先生的书我已买过多种，另一位香港史地专家饶玖才先生的书也买过，他对于港岛九龙新界地名的考证，是我一直喜爱的读物。萧国健提到的吴灞陵，更是一位自学成才的港史掌故大家，虽然无缘买到他的旧著，但也间接享受了他丰富的香港旧报珍藏，我所购置的杨国雄《香港战前报业》，据说就是依据吴灞陵的丰富藏品写作完成。

逛完中华书局，坐地铁回到尖沙咀，向南跨过梳士巴利道，就来到了星光大道。本来的计划是，先逛逛香港美术馆的纪念品商店，然后过海去港岛。从前，香港美术馆的大堂西侧有个大业艺苑，专门售卖美术书籍，后来不知什么原因迁到了香港历史博物馆。在历史博物馆那边我也逛过，以很大的折扣买了好几本进口版画，可时间不长也改头换面了，店堂布置讲究了许多，内容却变得了无趣味。美术馆这边虽然没了大业，新的商店也还值得一逛，书画之外还有些茶壶茶罐之类的小物什可供把玩。谁料走近了才知，美术馆正在施工改造，门前的宣传牌上写着不久将会以全新面貌示人之类的文字。索性不折回去坐地铁，沿着维湾观景带慢行，片刻就到了天星码头，渡轮上没几个人，一袋烟工夫就到了对岸的中环。来中环的主要目标是集古斋，来集古斋的主要目标是黄蒙田，因为他曾长期担任集古斋的顾问，还主编过集古斋出品的《美术家》杂志，总该遗留下一点儿凤毛麟角在这里，即使没有，跟店家聊聊黄蒙田也总可以。集古斋与原来的三联书店香港总店毗邻而居，都在域多利皇后街九号，我轻车熟路地上到三楼，却感到气氛有些不太对头，跟忙作一团的工作人员一打听，果然有事，集古斋附属的淳浩拍卖公司今天搞艺术品拍卖，所以集古斋停止营业一天。

接连吃了两次闭门羹，也够扫兴，只能去逛隔壁的三联。还好有所斩获，淘到一本本港老画家欧阳乃霑作画的《香港素描》。这本四十八开的袖珍画集由香港三联于二〇〇一年初版二刷，从序言得知，《香港素描》是一套小画册，共分四本：都市、乡镇、怀旧和海港。我买到的这本是怀旧，倒是正合我的胃口。画家笔下那些古庙旧寮残屋，让人喜欢，让人怜惜，又让人不住地伤感。买到的另一本书是李欧梵的《上海摩登》，这书的简体字版好多年前就买了，这本繁体字版由牛津香港出版，号称是增订本，具体增订了哪些内容，除了三篇附录，其他的也无法对照。看见有一章专写邵洵美和叶灵凤，是不是新加的，也是没有印象了。李欧梵最早提出“香港作为上海的‘他者’”的概念，他还认为，“也许上海作家中（除了张爱玲）最认同香港的是叶灵凤”。叶灵凤前半生在上海，后半生在香港，这一生也确实上演了一出沪港“双城记”。

域多利皇后街西边那条街，叫祖庇利街，那里有家香港上海印书馆，也算得上骨灰级的旧书肆了，既然到了跟前，没有不看之理。坐电梯上到顺联大厦的二字楼，大吃一惊，映入眼帘的哪是什么书店，而是顺德联谊会的会所！望着门里的一张张餐桌，我心说这家老店也终于寿终正寝了。带着沉重的心情回到地下，还想跟门房坐着的那位老先生问个究竟，一听我打听书店，他马上抛过来一句：“你上一楼！”我才明白原来是多上了一层，造成虚惊一场。书店还是那个有些旧书霉味儿的书店，书还是那些中医八卦风水武侠之类的旧书，书店的老板还是那对儿多少有点儿倔的老夫妻，搜索一遍了无所获正要出门，突然瞥见收银台边一个装满中医命理的小书架上，有一本杜渐的《长相忆》鹤立鸡群，马上说要买。收款时老太太有一搭无一搭地说："你知道这个作者？"我说："我买过他好几本书。"我反问她是不是跟杜渐很熟，她说："不熟，但这个人在香港很有名。"其实杜渐在香港有名也是很多年前的事了，当年他不仅主编《开卷》和《读者良友》，还为三联书店香港分店编辑了一系列精美的随笔。后来据说由于不堪人事纷争，移居到了海外，事隔多年才又以一本《岁月黄花》宣告在香港文坛的"回归"。杜渐到香港晚，没有来得及认识叶灵凤，但他在求购叶灵凤旧藏方面倒是有一番豪举，据《长相忆》透露，有一天严庆澍（唐人）告诉他，叶灵凤先生去世后，他的藏书家人打算处理，杜渐知道叶灵凤有一套李察•褒顿英译的《一千零一夜》，且是限定本，就拿出全部的存款，托严庆澍找叶灵凤的家人把它买了下来。严庆澍直笑杜渐是个书痴。

淘旧书的瘾既然没过成，就在中环坐上地铁

去了柴湾。利众街上那一片工业大厦还是老样子，最靠近地铁车站的那栋一直在改造的楼宇还没有完工。我不清楚神州旧书文玩公司是否还活着，等上到工业大厦的二十三层，隔门望见那些密密麻麻的书架，心里才算一块石头落了地。照例是先在迎门的那片地方看美术书，架子上并没有稀罕东西，便挤到角落里一本本翻弄那些摞在一起看不到书名的大本，突然就翻出一本有意思的来，是一九八二年初香港包兆龙画廊举行的卡路·加拿版画展的展览场刊，算上封面那幅铜板蚀刻画《马与骑士》，总共收入版画三十八幅。卡路·加拿(Carlo Carra)在中国内地被译作卡洛·卡拉，他于一八八一年出生于意大利北部，一九六六年去世，活了八十五岁。加拿起初参与未来主义运动，但他的画风也很有立体派的特点，后来，他又和契里柯共同创立和发展了形而上画派，因此他被称为意大利未来主义绘画和形而上绘画之间的桥梁。但我更喜欢的是那一幅不那么形而上的

《蒙妮加利亚的沙堤》，帆影两点，波谲云诡，有意境极了。加拿好像也比较爱画马，那幅《马儿》，画的是一匹母马和她的幼马在原野上相向而立，风的猎猎和母子之间的宁静构成一幅非常温馨的画面。

柜台那里照样有一些套着塑封的珍稀书刊，其中有几种民国年间的老杂志，定价倒是不贵，但品相内容均无吸引人的地方，也就不必为了收藏而收藏。大陆地区七八十年代的出品倒是汗牛充栋，买了一本王观泉编的《鲁迅美术系年》，是人民美术出版社一九七九年的初版。该系年起自一九二七年十月三日鲁迅定居上海，所以翻到第三面，也就看到了鲁迅到内山书店买《蕗谷虹儿画谱》的记载。鲁迅是十月八日上午从共和旅店移居景云里的，下午就到开在这条街上的内山书店买了两种蕗谷虹儿。这一时期，鲁迅频繁出入内山书店，所买基本都是美术书刊。这时不禁想起刚刚买的李欧梵那本《上海摩登》中的一段话："在一连串的文章里鲁迅直面攻击了叶灵凤和他的同党。不过同时，鲁迅自己也对比亚兹莱的艺术情有独钟。""这个奇怪的举措揭示了鲁迅一生中许多'相冲突'的一面：他的个人艺术趣味看来和他在政治认同上的公众姿态是相抵触的。似乎这位中国文人领袖，一个以不倦地提倡苏联马克思主义和社会现实主义而知名的坚定的左翼人士，自己也不知觉地已深为颓废的艺术风格所吸引。"

由王观泉的《鲁迅美术系年》，我想起黄蒙田也曾出版过一本《鲁迅与美术》，而我此番来神州，主要也还是想试试能否淘到一两本黄氏著述，便向店员打听。那个年纪大一些的店员还真在电脑上查到了，正要帮我去找，那边蹲地上理书的欧阳文利老板开腔了："早就卖出去了！"我又问柳存仁的不知有没有，他说那个更早了。这个结果当然是在意料之中。我就纳闷：那些好书都去了哪里？

回去的路上，分别在湾仔和铜锣湾下车逗留。到湾仔主要是为了天地图书，因为曾听叶中敏老师说起天地最近为黄蒙田出了本书。天地图书成立于一九七六年，不仅开店卖书，也是一家出版社，其产品比三联、商务、中华这些内地迁港的老字号更多本港特色，有些花街风月之类的“次文化”读物也有出版。湾仔的这家天地在庄士敦道三十号，店面宽绰，也很安静，可是一圈儿看下来，根本没有找到黄蒙田，倒是买到了早就求购的邵洵美夫人盛佩玉写的《一个女人的笔记》。这本书早些年内地的人民文学出版社曾出过简体字版，书名用的是《盛氏家族·邵洵美与我》，台湾印刻文学的这本繁体字版则将原书名用作了副题。诗经云：“佩玉锵锵，洵美且都。”佩玉洵美，一个是中国商父盛宣怀的孙女，一个是一品巡抚邵友濂的孙子，不仅门当户对，还是亲上加亲，邵洵美本人同时还是盛宣怀的外孙。这位大家闺秀跟随自己才高貌美的夫君，亲历了一个大家族的盛衰兴废，尝尽了人世间的冷暖甘苦。当世界稍稍宁静下来的时候，她已年届七十，曾经享尽荣华却也坎坷多变的邵洵美早已在贫病交迫中撒手人寰。她开始在纸上书写历历往事，并且直言："我记这些，绝不是留恋和夸耀富贵之家，为的是在我脑子还清醒时，分辨好坏。""我只想讲给亲人听。"有一位老者读了手稿之后，曾撂下这样一句话："虽不华妙，却是张爱玲也写不出的，更不用说别人了。"施蛰存说邵洵美"富而不骄，贫而不丐"，这本书通过无数细节为这句话做了生动直观的注脚。这位"海上孟尝君"，结交文人画家无数，意气风发之时更是一掷千金。作为"茶姊"，盛佩玉自然要忙前忙后，所以见识过的近代名人也是无数，仅在这本书中有名有姓提到的，就不下一百多位。我特意找了找叶灵凤，也真找到了两三处。有趣的是，邵洵美与盛佩玉的小女儿邵阳在编者注中还援引了我二○○二年发表在《长城》的一篇文章。我那篇文章提到，晚年的徐訏、叶灵凤、曹聚仁等作家常在香港餐聚，一次茶叙时追忆起邵洵美逸事，谈兴甚浓。叶灵凤还回忆起香港停战那一年，邵洵美从上海到香港，在他的书房参观与畅谈的往事。其实我也是道听途说而已。盛佩玉透露，邵洵美临死之前写下这样一首诗："天堂有路随便走，地狱日夜不关门；小别居然不永诀，回家已是隔世人。"不清楚是不是他的绝笔。

铜锣湾去的是骆克道，因天色已晚，只看了一家乐文书店。这家分店比旺角那家略小，书的品种也更少更杂，不过我曾在这里捡过漏，到手一本张五常的签名本。但这种艳遇不会常有，踅摸半天，也只买了一册台湾印刻版的《木心谈木心》。木心在台湾似乎更有市场，木心的文章最初也确实更多地投给台湾的报章。木心的文字印成繁体字，似乎更能体现它的魅力，由于用纸的原因，这个小精装拿在手里，也更有沉甸甸的感觉。

第五日

来香港之前就从媒体上听说，诚品上个月又在香港开了第二家店，地点位于尖沙咀的星光行。星光行就在天星码头左近，与九广铁路老车站的钟楼只隔着一条梳士巴利道。我住的重庆大厦步行到那里只消几分钟，可一连几天根本没有去逛的欲望，原因大概有三：一是，有媒体报道，尖沙咀诚品竟然卖鞋和农产品，无形中对我施予了消极影响。二是，能够猜得到它的货品与铜锣湾店不会有二致，毕竟新开的店，可淘的陈货不会太多。三是，诚品以卖台版书为主，台版书漂亮是漂亮，但在内容上与我们总有一些隔膜，反不及香港出版物与内地有更多的交集。

昨晚很晚了叶中敏老师打来电话，约我今天中午一点到中环云咸街吃上海菜。十点多出门，本想到乐道那家理发馆剪个发再去中环，可这个点儿了竟然还是大门紧锁，就决定利用这点儿时间去把诚品新店看了。向西走到广州道，一路向南，不一会儿就看到了钟楼的尖顶，乘自动扶梯上到星光行的三楼，一眼就看见“诚品生活”的招牌。这个名字没白叫，生活气息果真浓得很。具体来讲，可以说一边是书，一边是生活杂品。看见了炒锅，也看见了有机蔬菜，寥寥几册书也多是面向家庭主妇的育儿烹调园艺宠物之类。所以也不看书，只是在一个卖台湾茶的地盘儿打量了半天。墙上的指示说，再上一层，还有诚品精品馆，但我已经没时间了，于是下楼，奔天星码头而去。

叶中敏老师又迟到了，不过这次不是熬夜看球，而是看粤剧。到上海总会时，中敏的妹妹中美和她的夫婿黄先生已经坐在餐厅等我，说了会儿话叶中敏才风风火火地赶来，还没落座就抢着说："又有新的发现！昨晚在多伦多的大姐中绚过生日，我给她打电话时，她讲了父亲去世那天在医院的一些情形。"坐定之后，中敏将整整四十年前的往事慢慢道来："我父亲入住的是养和医院，去世的前一天，由于肾功能萎缩，一直半睡半醒，医生说你们要早做准备。十一月二十三日早上，我姐姐中绚从家里来医院，在楼下碰上了吴羊璧，吴羊璧的家就在医院附近的跑马地凤辉台。吴羊璧说你干嘛，我姐姐说我爸爸在这儿住院。吴羊璧说哎呀怎么不知道，就一起去病房看我爸爸，在床前站了会儿，说了一些问候的话就走了。我姐姐送吴羊璧下去，回到病房是十一点二十几分，护士说情况不好了，随后我爸爸就走了。所以吴羊璧是最后一个见到的。年青一代中，我爸爸喜欢黄俊东和吴羊璧，尤其喜欢吴羊璧。他是吴其敏的公子，在文汇报负责副刊，不仅会写文章，长得也英俊，现在也退休了。

他的太太黄子玲，也当过文汇报娱乐版的主编。”中美这时在旁补充：“那天早上我也去医院了，到了病房，中绚和护士正围在床头看仪器，中绚让我赶快去打电话，我走了很长的路才穿过长长的走廊，打电话给妈妈说：‘不行了！不行了！’”

中敏说，爸爸去世后，骨灰安放在柴湾歌连臣角火葬场，我往骨灰盒里放了一副眼镜、一个钢笔、一个放大镜和几张原稿纸。我妈妈于二〇〇三年三月十六日去世的，和我爸爸葬在了一起。我往她的骨灰盒里放了一副耳环、一个别针、一个粉盒、一把梳子。妈妈长得比我们都漂亮，也很注重生活情趣。她从来不让人过不去，其实她心里什么都清楚，就是不说出来。她很欣赏父亲的才华，也很在意爸爸对她的评价，到了晚年的时候，有一次爸爸说你的诗有进步，她为此高兴了好几天。他们俩，一个内向，一个外向，相互弥补，能热闹些。

与叶家姐妹在云咸街口的台阶下分别，转身

进入了置地广场，向导购打听 Kelly & Walsh（别发书店）在什么位置，她说在地库，下来却发现这家别发只是窄窄的一点儿门面，跟我上次所逛的并不是一家，使劲儿回忆，才想起上次逛的很大很讲究的那家是在金钟道的太子广场。这家虽然很小，倒是有一架英文画册，见我扭头弯腰在那里打探，一位操英语长相似马来人的女店员就问我找什么书，我其实并无特别明确的目标，随口说了一个 Maillol（马约尔），她便在电脑上查，然后告诉我这里没有但她们另一家店有。我还以为她说的另一家是太子广场那家，谁知她说的是乐道的辰衝书店。辰衝的英文名并不和别发一样叫 Kelly & Walsh，而叫 Swindon Book ，但与别发同属一个旗下，我这次来港第一天就去了辰衝，分明在美术区一本挨一本地“篦”过一遍，竟没有发现这本马约尔，可见即使是“书篦”也有眨眼漏网的时候。这位店员要说也真负责，当下拿起电话拨通辰衝那边让我跟他们约时间。可能那边听出我的英语所来何自，突然转成普通话说你能讲国语吗？我瞬间觉得畅快无比，跟她讲八点打烊前肯定会去。

其实没有等到打烊前，从置地广场地下我直接就上了地铁，坐一站到金钟转荃湾线再坐一站，就到了尖沙咀。进到辰衝，见那本马约尔已经在收银台上放好，付账前我拿起来翻看，见是Thames and Hudson一九九五年在伦敦和纽约同时出版，虽然已经面世二十年，但从里到外纤尘不染。全书文字以外共收图版一百九十二幅，其中五十九幅是彩图。马约尔的生平、绘画、织毯、雕塑、版画均有介绍，但以雕塑所占比例最重，版画方面只有少量几幅，其中包括牧童吹箫那幅。比较起来，我在明斯特买的那本《马约尔情色木刻》，收版画当属最多，只可惜制作有些简陋，那种杂志型的开本像极了美术专业的应考资料。

乐道只有短短一截，它的最北端就是九龙公园墙外的海防道。我突然想起记事本上记着一家叫作洪叶的二楼书店，就在海防道上，从前找没找过记不得了，但始终没有进过这家店，倒是确切无疑。沿着海防道一家门脸儿一家门脸儿地瞅，终于找见了五十二号，但那门是需要门禁卡或密码才能进入的，越看越不像楼上有书店的样子，就明白洪叶书店这片叶子也已经在风中飘零了。这种事情在香港可能每天都有发生，根本来不及为它叹息，然而晚上上网查到一段资料，还是忍不住唏嘘了一把。原来这洪叶书店之所以叫洪叶，取自书店主人夫妇两人的姓氏。书店的女老板叫叶桂好，她的前夫则叫洪朝丰。洪叶还是他们两个所生的儿子的姓名。洪朝丰被誉为香港演艺界四大癫王之一，据闻与叶桂好好合六年之后却投入一个富婆的怀抱，最后人真的疯癫了。叶桂好最初在田园书屋工作，随后与拍档吴钧庭共创乐文书店，一九九七年，她更自立门户，于旺角开设了洪叶。全盛时期，在旺角、尖沙咀、中环及铜锣湾拥有四家分号，一时人称香港二楼书店的大姐大。谁知一场沙士使得书店由盛转衰，勉力支撑了两年，终于在二〇〇五年全线结业。

但世间并非只有悲剧没有喜剧，从海防道转入弥敦道，埋首向北行进之时，不经意地一抬头，竟看到一块熟悉的店招，低调地张贴在一家大厦的门口里侧，正是我以为已死的 Tomato Books——日本综合书店。原来它还活着，只是在跟我躲猫猫而已。这家大厦叫作文逊大厦，书店所在的二楼南侧，正是搬到漆咸道之前的老地方，我曾在这里看到过一纸搬迁文告。也许那个短暂的搬迁，只是为了这边腾出空来装修，也未可知。店面比漆咸道那边小了很多，原来的特价书专柜也没了，但我还是在一架“中古本”当中看上三本靓眼的，其中两本是椎名诚的书，我打开书想看看是不是又是菊地信义装帧，结果全部猜中。尽管每本只要价二十四港元，我还是只挑了更漂亮些的《马追い旅日记》，这一本不光书衣内封都很别致，更有不少很有味道的速写插图。

只可惜我很喜欢的那本《菜の花物语》不在这里。菊地信义之外，另有一本新潮社出版的《文士的友情》，平装带盒套，里里外外极富装饰感，喜欢得不得了，但因为要价近百，还是舍弃没买。又有一本好像是各种印刷纸样的书，塑料纸包裹得严严实实，由于定价不菲，不能就这样贸然买下，就试探着问收银员可否给我打开看看，那女孩儿脸长得像日本人却能说国语，为难地说不能打开，我也就把它放回架上了。

明天就要离开香港了，今晚当是最后的疯狂，最后的疯狂给了商务印书馆尖沙咀图书中心，地点就在弥敦道穆斯林教堂北行右手的美丽华商场地库。在香港去过很多家商务，感觉这家最为宽敞大气，所以会再来。书店分成左右两区，左边英文，右边中文。先看的英文区，不意碰上一本不贵且好的佳品——Thames & Hudson 出版的 *Chinese Graphic Design*，介绍的是“五四”以来直到八十年代末中国的书刊设计。封面用的是徐志摩散文集《自剖》的局部，设计者江小鹣亦称得上英年早逝的奇才。内文中的书影质量明显高于国内的同类著作，比如陶元庆为许钦文的小说《故乡》设计的大红袍，就没见过这么完整清晰的。

在中文区也有斩获。首先选了一册《表现派绘画》，刘振源著，台湾艺术图书公司印行。书中说："象征派、分离派、颓废派，与表现派，以前大家都统称为表现派，或象征表现派，近二十年来由于新新人类族，特别喜欢这世纪末艺术，大家开始分际，划清界限。象征派以宗教为题，分离派沉湎性与爱，表现派在画悲苦人生，颓废派挤在各派夹缝中生存。"总的来说，我喜欢半抽象的"桥派"，胜于抽象的"青骑士派"。为什么艺术越来越抽象？克利将其归罪于外在的世界，他在日记中曾经这样写道："世界愈可怕，艺术愈抽象。"可我觉着，世界本来已经很可怕了，干嘛还要把艺术整得也那么可怕？

跟着灵凤游上海

四马路

每次走在福州路上，总会产生一个幻觉：那位腋下夹着一本西书劈面走来的翩翩公子，会不会是叶灵凤？听起来有些走火入魔，但要放在一九三七年之前，就不是什么痴人说梦了。叶灵凤在长篇小说《未完的忏悔录》开头便写："一个九月深秋的下午，我在南京路外滩相近，别发西书店里消磨了两小时以上的光阴，终于挟了一大包书满载而归的时候，才走下书店的阶沿，就被人劈面用这两句话将我拦住：……我知道先生是爱买书的人，所以才想到在这里相候。虽然已经空等了四个整天的下午，但是终于给我等着了。"说这话的是香港的富家子弟韩斐君，他因了失去做过舞女的妻子陈艳珠而病入膏肓，急着要找叶灵凤倾诉一番。其实韩斐君对叶灵凤的行踪还是不甚熟悉，要是去四马路书店街，哪里用得了四个整天的下午。

四马路就是现在的福州路。早在上海开埠之前，福州路便是四条通往外滩的土路之一，四马路的名称或许就是来源于此。其实四马路最初的官名是布道街，因为这里作了英国传教士麦都思讲经布道的场所。据说，后来之改名为福州路，源于一桩风流韵事。当时的工部局五董事之一马太提由英国乘船来华时，曾在福州码头邂逅一位风情万种的女子，终于抱得美人归之后，他竟提议以其美妾的出生地作为延展后的布道街的路名。

四马路在地理位置上东起外滩，也是海派文化的源头之一。一八四三年，麦都思在这里创办了中国第一个西洋出版机构墨海书馆，当时此地还是一片田垅河渠，麦都思为了安营扎寨，便在周边圈地造屋，由此也留下一个麦家圈的地名。那年月还没有电力，笨重的轮转印刷机要靠牛拉，所以又留下这样一首竹枝词：“车翻墨海转轮圆，百种奇编字内传。忙煞老牛浑未解，不耕河垅种书田。”也许是墨海书馆的带动，四马路上的文化行业迅速发展，一时间，不仅大小书报馆云集，更成为有名的书店街，鼎盛时期，总共拥有大大小小的书肆三百余处。

叶灵凤不光是作家，也是编辑出版家，日常出入四马路该是家常便饭，但他作为沪上小有名气的藏书家，更多的是来光顾各家书店，按照他自己的说法，“这一条马路上的每一家书店，以及店门前的每一块砖石，差不多都给我踏遍了”，“我就是闭了眼睛也可以走，用手摸一摸那门面，不用眼睛看也可以知道是哪一家书店的”。一九三七年，叶灵凤远走香港，上海成了难以回去的前尘梦影，但他的书店街之忆，似乎始终未曾消歇，二十年后再回上海，“第一件心急的事情就是去逛四马路”。叶灵凤还想如当年那样闭着眼睛走，可是他却迷路了，“完全忘记了时间已经隔了二十年，而且是天翻地覆的二十年”。“在这二十年中间，上海受过战争的洗礼，受过地狱生活的洗礼，现在脱胎换骨，翻了一个大身，已经是一个崭新的上海。这一条四马路早已不是我心目中的从前的四马路了”。

我此番到上海小住，首站选的就是四马路。叶灵凤在《书店街之忆》中说：“新华书店在哪里？古籍书店在哪里？还有，专卖美术图籍和外文的那些专业书店在哪里？摊开我心上的那一幅上海地图来寻找，早已模糊一片，我已经完全迷了路，什么也找不到了。”而我，逐一地都替他找到了。

四马路上的新华书店就是上海书城了。我那天在浦东入住停当，就急急地搭地铁赶往四马路，但我犯了一个错误，不该把上海书城作为第一站。大而无料不算，还耽误了宝贵的时间，等我一无所获地从书城出来，扑向对面四二四号的艺术书坊，却悻悻地发现它已打烊，隔着窗子望着那一排排的画册，只能平添几分遗憾和懊恼。好在旁边的三九〇号还有一间外文书店，那一座红砖结构的旧楼很民国，门楣上方的四尊雕塑很洋派，进得门来，一应布局更有腔调。时间只剩了半小时，楼下不遑多看，就直奔了三楼，成架成排的进口艺术画册也是乱花迷眼，匆忙间只选了一册 *First Impressions*，是十九世纪美国版画大师的选集，二〇一〇年伦敦的 Giles 出版社初版。七十三幅作品，大多是铜版画，有风景，有人物，风景是那么美，人物是那么静。当中最喜欢的是 Benjamin Lander 作于一八八六年的 *On the Bay*，在一个草木茂盛的湾畔，站立着两个戴草帽的男童和一个不戴草帽的女童，当中的一个男童正单膝跪地，用一根树枝打捞漂在水面的一顶草帽。读着这画，兀自想起余光中诗里九岁的江南："走过柳堤，那许多的表妹 / 就那么任伊老了"。

好不容易挨到周六，午后稍事休息，便又重

返四马路，以完成上次的未竟之旅。一开始就有好兆头，从八号地铁出来，刚走到四马路不久，就碰上一个不俗的书摊，看摊的是一位清秀的姑娘，书摊上的书似乎比看摊的姑娘还要清秀，那些装帧漂亮的海豚精装，一堆一堆的，一律五折出售。有一本刘克襄的《岭南本草新录》，以前没见过，对折之后不足八元。刘克襄是我比较关注的台湾作家，自幼热爱自然，长大后更致力书写自然，这本小书既云“岭南”，笔下的花木当会扩及香港，而这也正是叶灵凤的深爱。灵凤先生自上世纪五十年代开始即立志研究香港的草木虫鱼，除了广搜中外资料，也常常行山下野，为的就是遍识草木之名。先生也真心喜欢花木，不仅小园里植有桃木，有时也会买来些时令的花卉装点书室，他那句“瓶中碧桃怒放，盆中水仙亦盛开，满室春意盎然”，真的有如一阵春风。

路上又遇见一家淘书公社，号称有四万图书任你挑选，但我惦着的是那家艺术书坊，竟然过其门而不入。然而艺术书坊虽则插架琳琅，终归没有我的喜爱。仰望着那些奇大无比的画册，油然生出了一番感想：原来我和灵凤先生一样，喜欢的更是那些书籍装帧插绘一类，所谓的“文学性的美术”。其实，鲁迅先生又何尝不是如此？聊可安慰的是，这爱好不一会儿就在古籍书店里得到了满足。上海古籍书店在马路对面，门牌号是四〇一，说是古籍书店，底层卖的大抵是新书，不过这些新书档次比上海书城那边不知要高出多少倍。二层是历史方志版本目录之类，那种厚实宁静的氛围使我想起香港油麻地的中华书局。盘桓一会儿之后，听店员说三楼还有特价书店，立刻充满激情地援梯而上，结果是收获了一个钵满盆盈。

首先收入囊中的是两本画册，其一是广西美术出版社二〇〇九年初版的《德国黑白木刻》。德国画家的个人专集我有一些，全景式的国家选集此前只买过一册袖珍本，这一本规模大了许多，共计收入九十八位画家，二百五十幅作品，其中，鲁迅和叶灵凤都极推崇的珂勒惠支一人就占了十七幅，总体观之，德国木刻那种“捏刀向木，放刀直干”的风格体现得淋漓尽致。其二是天津人民美术出版社二〇〇〇年初版的《英国素描经典》，这一本同样把鲁迅和叶灵凤共同痴迷的比亚兹莱放在了开篇，编者刘天呈在《大器晚成的英国绘画》一文中对比亚兹莱的评价也颇深刻到位，遗憾的是，整部画册好像都是用了复印件制版的，留白处一片灰蒙，黑白之趣荡然无存。

张泽贤是沪上有名的民国版本收藏家，他的几种著述这里也都有售，其中的《中国现代文学小说版本闻见录》收录了叶灵凤小说《永久的女性》的书影，这还是我首次见到。书中摘录的叶先生一九三六年六月所写的题记透露，小说在《小晨报》连载了四个月，每天都由丁聪作插绘，出书时却因了印刷的关系，只得割爱，另烦他画了一张封面。这个掌故我也是第一次听到，日后当留心一下丁聪的作品集里是否找得到这些珍贵的插图。张泽贤对叶灵凤的美术成绩历来多有肯定，他在收入《书之五叶》的文章《不要忘记叶灵凤》中指出："正因为他有着一定的绘画基础，故在书籍的封面设计方面也作过不少的尝试，虽然精品不多，但在民国版本书籍的封面设计中闪现过几点'光亮'。"可他列举的灵凤的设计作品显然很不完全，就在对面架上，有一本上海书店依民国原版影印的潘汉年小说《离婚》，设计者就是叶灵凤。这是叶灵凤和潘汉年共同主编的幻洲丛书的一种，挚友要出新书，叶灵凤自然要下些功夫，所以不只设计了封面，环衬和扉页亦极用心，颇有几分《亚瑟王之死》时期比亚兹莱装饰画的韵味。这书虽然我早有藏，但看到仅只八元的定价，还是又买了一本，而所有这一堆，总共也才花了八十多元。

北四川路

从叶灵凤写的《旧书店》一文，第一次听到了北四川路。文章写道："上海的旧西书店，以前时常可以便宜的价格买到好书，但是近年好像价格提高了，生意不好，好书也不多见了。外滩沙逊房子里的一家，和愚园路的一家一样，是近于所谓的古书店，主人太识货了，略微值得买的书，价钱总是标得使你见了不愉快。卡德路的民九社，以前还有些好书，可是近来价钱也贵得吓人了，而且又因为只看书的外观的缘故，于是一册装订略为精致的普及版书，有时价钱竟标的比原价还贵。可爱的是北四川路的添福记，时常喝醉酒的老板正和他店里的书一样，有时是垃圾堆，有时却也能掘出宝藏。最使我不能忘记的，是在三年之前，他将一册巴黎版的乔伊斯的《优力栖斯》，和一册只合藏在枕函中的《香园》，看了是纸面毛边，竟当作是普通书，用了使人不能相信的一块四毛钱的贱价卖给了我，如果他那时知道《优力栖斯》的定价是美金十元而且还无从买得，《香园》的定价更是一百法郎以上，他真要懊丧得烂醉三天了。"

灵凤先生写的是上个世纪三十年代的事情，如今，不光北四川路改成了四川北路，添福记这样好玩的旧书店也早就没了踪影，但北四川路，尤其是北四川路底，还是有得一逛。北四川路据说属于"越界筑路"，光绪三十年（一九〇四年）的时候，租界当局非法越过老靶子路向北延伸筑路至虹口公园一带，使之成为一条南北贯通的交通干道。因与苏州河南岸的四川路相连，遂名为北四川路。民国年间，北四川路"华洋杂处、五方会聚"，繁荣程度仅次于南京路和霞飞路。上世纪三十年代初，以鲁迅为代表的许多左翼文人都在这里赁屋而居，也带动了左派社团书店刊物纷纷安营设点，这当中，就包括了著名的内山书店、叶灵凤参与的创造社出版部、后来成为叶灵凤朋友的戴望舒、施蛰存、杜衡、刘呐鸥他们创办的水沫书店等。而我尤为感兴趣的，是叶灵凤也曾在北四川路底的施高塔路度过了好几年的光阴。

我是在虹口体育场下的地铁，长长的四川北路正是在这里到了底，这时我才形象地体会到为什么叶灵凤他们那代文人总爱说“北四川路底”。虹口体育场与鲁迅公园紧密相连，周日晴好的上午游人如织，我的目的则只有一个，参观位于公园东南隅的鲁迅纪念馆。与北京鲁迅博物馆的四合院格局相比，这里的黑瓦白墙建筑更有几分鲁迅故乡的味道。鲁迅的生平事迹已经非常熟悉了，所以只是在展厅草草走过，把时间全留给了底层大堂的书店。书店是开放式格局，贴墙一字排开几个书架，书不算多，但也淘到了在一般地方并不易得的旧物。最值得一记的是鲁迅自费印行的《死魂灵一百图》。鲁迅一直崇尚“左图右史”，有时甚至看重插图超过了文学作品本身。他曾说：“欢迎插图是一向如此的，记得十九世纪末，绘图的《聊斋志异》出版，许多人都买来看，非常高兴的。而且有些孩子，还因为图画，才去看文章，所以我以为插图不但有趣，且亦有益；不过出版家因为成本贵，不大赞成，所以近来很少插画本。”还在翻译果戈里的《死魂灵》的时候，鲁迅就四处写信商借插图，一九三五年秋末，孟十还忽然在上海的旧书店里看到了有百幅插图的《死魂灵》画集，“便像孩子望见了糖果似的，立刻奔走呼号，总算弄到手里了，是一八九三年印的第四版”，由俄罗斯画家阿庚作画，塔尔纳尔特斯基镌刻。一九三六年鲁迅以三闲书屋名义自费翻印，依据的就是这个底本。从孔夫子旧书网得知，此书一九三六年的一版一印已经炒到了三万，我这本只要一百，当然不是真品，但里里外外与原书没有任何差异，也根本找不到任何翻印信息，再过几十年，一准可以鱼目混珠了。

不只是偏爱《死魂灵》的插图，鲁迅对所有的苏俄版画都情有独钟。他曾托在苏联研读文学的青年翻译家曹靖华，用中国宣纸换来许多精美的苏联版画原拓，他编印的《引玉集》就是利用了这些藏品。此外，他还选编出版过《新俄画选》和《苏联版画集》，举办过“苏联版画展览会”，其中《苏联版画集》是他生前选编的最后一本版画集。在画集的印刷过程中，鲁迅的病情已经开始恶化，“缠绵月余，什么事情也不能做了，写序之期早到，我却连拿一张纸的力量也没有”，但他“发热中也有时记起了版画”，最后要许广平笔录，口述完成了序言的后半部分。内山完造是受了鲁迅的影响而爱上版画并投入版画推广事业的，他也看出了鲁迅对于俄国版画的私衷，他曾说：鲁迅搜集德国和俄国版画最多，“对德国版画那种极为粗犷的，并且是脚踏实地的准确性，对俄国版画纤细的、优美的线条，不晓得先生是有意还是偶然表现了对两者的无比喜爱”。我素来也喜欢俄国版画，前后也购置过几种选集，这天在书架上看见一册《苏联黑白木刻》，也就毫不犹豫地收下了。书是广西美术出版社二〇一〇年的一版一刷，收图两百三十七幅，方形十六开本，仅售三十八元。

叶灵凤曾说：“我和鲁迅之间，说来古怪，这是他人所不易看出的，好像有一点冲突，同时又有一点契合。我有一个弱点，喜欢买一点有插图的书和画集放在家里看看，这弱点，他老先生好像也有。”“本来，在鲁迅先生提倡木刻的时候，我也在‘热衷木刻’。”不过除了在《六艺》第二期组织了两页的“苏联版画特辑”，并翻译了一篇苏联作家写的《苏联的版画艺术》，叶灵凤似乎没有对俄国版画作出过直接评价，个中原因，恐怕真像他所说的，“一看冤家路狭，又碰在一起”，只好“割地求和”。但叶灵凤对于苏俄文学无疑是很欣赏的，早年他就翻译过一本《新俄短篇小说集》，晚年还译过高尔基日记，对于果戈里、契诃夫、托尔斯泰、肖洛霍夫等苏俄作家，也都写过专文介绍，并且直言：“苏联文艺界是我们文艺运动的有力的友军”，“苏联作家们在文艺建设上早已产生了许多无可比拟的更光辉的杰作”。那本一九二八年出版的《新俄短篇小说集》，封面画和里面的衬纸图案，都是叶灵凤本人的“大作”，那个时期他还痴迷于绘画，“看来技痒便也信手仿作几幅”。我在想，若是拖后几年再出这书，没准他也会选几幅苏联版画当作插图。有趣的是，尽管在木刻话题上叶灵凤刻意向鲁迅“割地求和”，但也有被动撞车的时候，这便是他和鲁迅、郁达夫、赵家璧联袂为麦绥莱勒的四本木刻连环故事作序。叶灵凤调侃，鲁迅在为其中《一个人的受难》作序时，大约想不到他是这套原版书的“物主”，并且分润到了一篇《光明的追求》的序文。这套书我已有山东画报和湖南美术的两种翻印本，这次又见到上海鲁迅纪念馆监制的一种新的版本，四本画册完全依上海良友图书公司初版的原样复制，外边有一书盒，盒子上印着“版画功臣”四个大字，下面一行小字是：“纪念赵家璧先生诞辰一百周年。”

施高塔路

从鲁迅公园出来，往东越过甜爱路，就来到了山阴路，上世纪三十年代上半叶，叶灵凤和鲁迅都曾在这里居住。

山阴路原名施高塔路（Scott Road）。叶灵凤曾说：“至于那条‘施高塔路’乃是一条所谓‘越界筑路’。这就是说，路面和水电设备是属于‘公共租界’的，但是两旁的土地却属‘华界’，归‘闸北警察局’管辖。——当时的上海，就是这么滑稽的情形。”一百年前，这里还是宝山县的乡间农田，随着四川路的越界北延，两侧陆续繁衍出许多支路，施高塔路就是其中的一条。虽然长不过五六百米，宽不过十米，却是夹道梧桐，浓荫蔽日，道路两侧的花园洋房和新式里弄，在当时可谓领风气之先。一九四三年，汪精卫政府接收租界时，将施高塔路更名为山阴路。叶灵凤说："这一改可说改得非常好,因为不仅改掉了洋名，而且改得与鲁迅先生的故乡有关系了。"

去世一年多前，叶灵凤写下了最后一组"记忆的花束"，这花束里，就有施高塔路："对我来说，这一带地方，我是相当熟悉的，因为我曾在大陆新邨对面的兴业坊住过。所谓'大陆新邨'和'兴业坊'，乃是当时大陆银行和浙江兴业银行的产业。"叶灵凤的姐夫周尚也记述过叶灵凤在兴业坊居住时的情形："一九二八年《幻洲》被禁，改出《戈壁》，旋也被迫停刊。翌年二月七日，创造社被贴上封条，灵凤被捕。保释后，与华姊同住施高塔路兴业坊。一九三七年，一场民族生死存亡的抗战开始，姊弟两家避难迁居亨利路亨利村。"由此可见，叶灵凤在施高塔路兴业坊居住的时间，总有七八年之久。至于施高塔路之被入侵日军打破宁静，叶灵凤也有忆及：“当年‘一·二八’之夜，我就亲眼见过日本陆战队先占领了兴业坊后面的警察派出所，然后将兴业坊弄底的围墙凿开一个大洞，从那里鱼贯而入，分布在施高塔路一带。”

拐到山阴路的那一刻，我就喜欢上了这条宁静的小街，当年的各式洋房一仍其旧，今天看来都不显得过时。更准确地说，如今的上海，已经难以寻到这样一条闹中取静、慵懒舒适而又古意浓厚的街弄。走到半程左右，就在道路东侧看见一组白灰色水门汀建造的三层洋房，弄口的过街楼上赫然镌刻着三个黑色繁体字：“兴业坊”。我不知道叶先生当年寓所的具体牌号，但在楼下凝视片刻，内心已经非常满足。兴业坊的马路对面就是大陆新邨，是一组砖木结构，红砖红瓦的三层楼房。鲁迅当年居住的是九号，如今是山阴路一三二弄。一九五七年秋天，叶灵凤第一次回到解放后的新上海，曾专程到大陆新邨参观鲁迅故居，那时候，“故居的一侧已经另租了一间作为纪念馆和办事处。这是新辟的，并非鲁迅先生当年曾租用的两间。”听工作人员说，这新辟的一间，本是谢澹如的房产，解放后他担任了鲁迅纪念馆第一任副馆长，这处房产也拿来作了鲁迅故居的售票处。

谢澹如也是叶灵凤在上海时的老朋友，那年叶先生回上海参观鲁迅纪念馆，就是由谢澹如陪同。叶灵凤曾写过一篇《爱书家谢澹如》，文中说：“谢澹如家中富有，在南市有自己的房屋，四壁图书，人又生得文静，戴了一副金丝眼镜，俨然是一位‘浊世佳公子’。”“谢澹如是一位爱书家。自从有新文艺出版物以来，不论是刊物或单行本，他必定每一种买两册，一册随手读阅，一册则收藏起来不动。这当然很花钱，可是当时他恰巧有这一份财力。他又喜欢买西书，不论新旧都买，尤其喜欢买旧的，因此当时上海旧书店中人，没有一个不认识他的。”“在当时上海那几家专售外国旧书的书店里，若是架上有一本好书被人买了去，那不用问，不归于杨，即归于墨，不是他买了去，就一定是我买了去。”“我们的交情就是这样订下来的。”

关于那次回国两位老友在大陆新邨相见的情形，叶灵凤描写得非常生动：“澹如在解放后任上海鲁迅纪念馆馆长。一九五七年我经过上海，特地到大陆新邨去找他。大家本是年轻时代的朋友，曾经朝夕相见，这时一别二十年，一见了面，岁月无情，彼此都改变了，几乎认不出，但是细看了一眼，随即相对哈哈大笑，喜出望外，想不到仍有机会可以见面。当时澹如的身体很不好，说患着很严重的胃病，因此后来参观鲁迅故居，要楼上楼下地跑一阵，为了不想辛苦他，特地辞谢了他的陪伴。”我这次去大陆新邨，首先踏进的也是谢澹如先生的那间旧屋，买了门票，工作人员说正好到了参观时间，一位女孩就把鲁迅故居的门打开，楼上楼下地为我一人讲解。这里是鲁迅在虹口的第三个居所，也是最后一个，二楼南间鲁迅卧室里的旧日历和小闹钟，都停留在他逝世的那个时间。

想想也真是“冤家路狭”，叶灵凤与鲁迅这一对“冤家”，偏偏做了对门的芳邻。出来进去的，总会避免不了不期而遇。也曾在施高塔路住过的创造社元老陶晶孙就曾说：“秋天高，空气透明，木犀花香偶然闻着，卖菊花者挑担在马路上，令我们觉得又一个秋天来了，在这时期住在一条马路怎么不能碰到鲁迅先生。”又说：“我同他住在一条路上，看见他的时候，常同他点头。”叶灵凤则是连头都不点的，他曾说过：“我与鲁迅翻脸极早，因此从未通过信。也从未交谈过。左联开会时只是对坐互相观望而已。在内山书店也时常相见，但从不招呼。”这当然是因为他和鲁迅打了太多的笔墨官司，而陶晶孙就不同了，他并没有直接参加创造社与鲁迅的论战。之所以与鲁迅也只停留在“点头”之交，一方面有个人性格的因素，主要的恐怕也是门户之宥，譬如他说：“鲁迅与创造社讥骂，我像小丫头般在角子里看风声，不一刻，东家又要好了，小丫头看见鲁迅坐在内山书店，不好意思地溜出去了。”

叶灵凤晚年也反复表达了对鲁迅的尊敬之意，他那次挤出宝贵时间重返施高塔路，主要目的即是瞻仰鲁迅故居，而不是到自己的兴业坊旧梦重温。一九七三年，香港的鲁迅研究专家张向天要求他绘一草图，示意鲁迅在虹口的各个住处，他表示“当奋力一试”，并且不顾严重的目疾，当即就把示意图画了出来。在去世前一年，他又连续写了《大陆新邨与鲁迅故居》和《景云里》两篇回忆文字，他说：“自患目疾以来，未在新晚发表稿件已逾两年，今日重行开始，有许多喜悦和感慨。”这也是他留给世人的最后一组文字。

内山书店

内山书店是日本友人内山完造在上海开设的，从一九一七年设立到一九四七年关闭，整整经营了三十年。鲁迅于一九二七年十月定居上海，八日上午从共和旅店移入景云里寓，下午就往内山书店买书四本，此后十年，一直到逝世那天，始终与内山书店相伴，他和内山完造，也结成了患难与共、终生不渝的友谊。内山书店最初的地址，是在北四川路横滨桥的魏盛里，一九二九年迁至北四川路的施高塔路。鲁迅在上海期间，居处换了三次，但都离内山书店不远，一九三三年搬到施高塔路大陆新邨以后，相距就更近了。叶灵凤虽与鲁迅素有抵牾，但也爱跑内山书店，与内山完造亦很熟识，除了爱买书的天性使然，住所与内山书店相近，也是其中一个因素。说来也巧，几乎与鲁迅迁至施高塔路的大陆新邨同时，叶灵凤和他的姐姐叶华一家也搬到了施高塔路兴业坊，与鲁迅是隔着一条马路的对门邻居，所以假如鲁迅和叶灵凤同时从家里出发去内山书店，必定是同时到达，事实上，他们也常在那里遭遇，叶灵凤晚年曾经说："我与鲁迅……在内山书店也时常相见，但从不招呼。"一九五九年，他曾写下《内山和他的书店》，文中说："他的店里，在正中的大柱后面摆着几张藤椅，一张小桌，还有日本人生活中所不可少的火钵，其上放着茶壶。这是内山老板的坐处，也是招待朋友和顾客的地方。""就在这几张藤椅上，当年就经常坐着鲁迅先生。"一九七三年，他又绘制内山书店内部情形示意图一幅，他说："此等情形，见过的人也不多了。"

施高塔路现在已经改名山阴路，但大陆新邨

和兴业坊都还在，我正是从那里出发去寻访内山书店旧址的。资料上说，内山书店旧址现在位于四川北路二〇五〇号，我沿着山阴路只走了百十来米，一个自然的转弯就到了四川北路，看看门牌号，已经是二〇四八，我问那家店里的一个青年二〇五〇号在哪里，他随意地向南一指，不待举步，我竟发现隔壁中国工商银行的墙上正挂着一方“内山书店旧址”的铜牌，旁边还勒着一块汉白玉，上方是鲁迅和内山完造的浮雕头像，下方是中日两种文字的内山书店简介。此时想起叶灵凤一九五七年回上海时，也曾看过内山书店的旧址，所见的情形跟今天差不多：“好像已经改成了一家药房，附近有人民银行的储蓄处，还有一间售书报的邮亭。”现在的旧址的旁边却有一家新华书店，我进来向店员打听银行里是否还有内山书店的遗迹，那位店员眉头一皱抛来一句：“怎么这么多人对内山完造感兴趣，不就是上世纪开了一家书店么！”我迟疑了一下，说：“你也是开书店的，何以这样瞧不起自己的职业？”他还振振有词：“我不一样，我不是开书店的，是给公家做事。”我扔下一句“所以你永远弄不好书店”，拔脚就出去了。回头看看他好半天没有缓过神来的样子，忍不住一阵开心。

好像听人说起，内山书店的第一个店址魏盛里已经不复存在了，但我还是想去找找。想起叶灵凤说过：“他的内山书店，最初是开设在从前上海北四川路横滨桥一条弄堂里的”，所以我就一直向南走，一直走到了横滨桥，也没有遇到那条曾经叫作魏盛里的巷弄。坐在横滨桥头，点烟歇脚，心里想的是，曾经风云一时的内山书店，注定只剩下一块铜牌了。抽完烟重新起身，决定去逛多伦路，那里有众多民国名人的旧居。多伦路果然旧貌犹存，一栋栋老式洋房惹得我东瞧西望，突然就有一个熟悉的招牌映入眼帘——内山书店！而且，门口两侧的橱窗里摆的确实是书。根本顾不上探究内山书店何以还魂再生，因为橱窗里形形色色的民国旧书已经攫去了我全部的注意力。双目一扫，立刻识出了其中的珍品：《抗战八年木刻选集》。这本书于抗战胜利后的次年由中华全国木刻协会编选出版，是中国新兴木刻史上宝典一级的图籍。当年这书出版之后，远在香港的叶灵凤很想买到它，可由于那时上海的新出版物运到香港来的数量很少，所以去迟了一步。叶灵凤对这本书念兹在兹，“因为在爱书的世界中，对一本书动了意念而又不曾将他得到以前，在这一段期间，时间是静止的，历史也是空白的”。有一天偶然在路上碰到同样嗜书如命的盛家伦，随便提起这事，不想没过几天，盛家伦就给他把书找来了。过了好多年之后，叶灵凤还清晰地记着那是一个下午，“他忽然来到我的家里，将一包书向我桌上一放，‘啦，都给你找到了！’”“我自然不会问他这是借给我的，送给我的，还是替我买的，因为这些话都是多余的。我高兴的翻阅着，知道他在一旁也同我一样的高兴，这就够了。”

新的内山书店的门口，两位老太各坐一边，聊着我一句听不懂的上海话，我试探着问这书的价钱，尽管颇有心理准备，还是着实吓了一跳，于是暂时不去想它，先进店里看书再说。几个架子上大多是八十年代以后的旧书，虽然质量不低，但于我来说也并无太多的吸引力，我感兴趣的还是民国老书，在一进门口的那个角落里，还真有一些，每一本都用塑胶袋包裹着，见出身价的不同。我一本一本地翻检，虽然也有一些善本，但我心里始终惦记着那本木刻选集。不知什么时候，看店的换成了一个老翁，于是我就跟他砍价，但他显然对这书的价值了如指掌，无论怎么说也不松口，最后我一咬牙，交钱收书。生意既成，两人就对坐着吸烟闲聊，给我讲了不少多伦道上的往事。他说，上海从来不曾有过日租界，虹口也只是日侨聚居，势力大而已，所以鲁迅才有了“且介亭”，暗指不是租界的租界。我问他用内山书店的名号有无授权，他说这是政府行为，“本来是政府与我合作，后来政府撤出了，我也乐得继续使用”。说到此处，他把我引到店外，“你看，在内山书店的旁边，我还挂着一块‘名著书店’的招牌，像这样一个书店两个牌子，好像也不多见”。末了他告诉我他姓殷，希望再来上海时还来内山书店看看。

多伦路

从四川北路内山书店旧址西行左拐，就进入了多伦路文化名人街。多伦路原名窦乐安路，修建于一九一二年，也是当时上海公共租界工部局越界筑路的产物。在上个世纪初，多伦路一带还是上海宝山县一条荒芜冷僻的小河浜，有一个叫窦乐安的英国传教士，看中这里中、美、日三不管的宽松环境、便宜的地价以及淞沪铁路近在咫尺的便利交通，填河造路，招商引资，这条新开的道路也就以他自己的名字命名。多伦路长仅五百余米，有些不大起眼，甚至在地图上也都难寻，但却散发着独特的魅力，在上海解放前的四十年间，这里既是帝国主义和反动势力的藏污纳垢之处，又是革命者和文坛名流的卧虎藏龙之地，留下了许多优秀建筑、名人寓所和历史遗址。

穿过那道镌刻着“海上旧里”字样的砖石牌坊，一条曲折幽静、民国风浓的街弄便呈现在眼前。踏着碎石铺就的路面前行，迎面而来的是风格各异的夹街小楼，我知道，几乎每座小楼都藏着一段传奇的故事。那一处处的名人故居就不遑多说了，比较感兴趣的还是那间在原址恢复的公啡咖啡馆。看见它的一刹那，脑海里瞬时闪过鲁迅在《革命咖啡店》里写的那段名言：“遥想洋楼高耸，前临阔街，门口是晶光闪烁的玻璃招牌，楼上是我们今日文艺界的名人，或则高谈，或则沉思，前面是一大杯热气腾腾的无产阶级咖啡，倒也实在是理想的乐园。”

当年的公啡咖啡馆是日本人所开，坐落于北四川路有轨电车终点站附近，内山书店的对面。它一定不是上海开得最早的咖啡馆，也未必是当时上海最好的咖啡馆，但却绝对称得上近代文学史上最有名的咖啡馆。一九二八年八月八日，《申报》发表了一篇署名慎之的《“上海咖啡”》，文章写道：“……但是读者们，我却发现了这样一家我们所理想的乐园，我一共去了两次，我在那里遇见了我们今日文艺界上的名人，龚冰庐，鲁迅，郁达夫等。并且认识了孟超，潘汉年，叶灵凤等，他们有的在那里高谈着他们的主张，有的在那里默默沉思，我在那里领会到不少教益呢。……”谁知，鲁迅看到这篇“革命底广告式文字”之后，竟然大动肝火，次日就写了那篇《革命咖啡店》予以回应。这篇文章好像也是鲁迅反复讥骂叶灵凤的开始，也是叶灵凤那枚“齿白唇红”标签的原始出处：“这样的乐园，我是不敢上去的，革命文学家，要年青貌美，齿白唇红，如潘汉年叶灵凤辈，这才是天生的文豪，乐园的材料；如我者，在《战线》上就宣布过一条‘满口黄牙’的罪状，到那里去高谈，岂不亵渎了‘无产阶级文学’么？”

鲁迅先生之对咖啡馆大为光火，不过是借题发挥罢了，以后该上去时还是要上去，据说，一九三四年，萧军、萧红带着小说手稿从东北辗转来到上海，就是先到内山书店见鲁迅，再由鲁迅带去公啡聊天，只不过确实如他所说，不喝咖啡，因为他觉着“还是绿茶好”。所以接下来一段，他就笔锋一转，点出了叶灵凤的“罪状”：“叶灵凤革命艺术家曾经画过我的像，说是躲在酒坛的后面。这事的然否我不谈。现在所要声明的，只是这乐园中我没有去，也不想去，并非躲在咖啡杯后面在骗人。”叶灵凤的那幅画名为《鲁迅先生》，刊载于他自己主编的《戈壁》第一卷第二期（一九二八年五月）。在这幅画中，能看到一个大酒缸，上面伸出几只手来，分别挥舞着炸弹、狼牙棒、小说集等“武器”，里面还标注着“小说旧闻抄”“有闲阶级”“权威”“呐喊”等字样，画旁的说明文字则是：“阴阳脸的老人，挂着他以往的战绩，躲在酒缸的后面，挥着他‘艺术的武器'，在抵御着纷然而来的外侮。"

综观《革命咖啡店》全文，固然主要是对"因画惹祸"的叶灵凤的回击，但也点名不点名地旁及了创造社的一干"名人"，当中就包括潘汉年，他不仅与叶灵凤合编《戈壁》，自己也曾在《战线》周刊第一卷第四期（一九二八年四月二十二日）发表过《假鲁迅与真鲁迅》，对鲁迅"满口黄牙"极尽挖苦之能事。再往大处说，这场咖啡店之争，终究还是创造社与鲁迅之间开展的革命文学论争中的一个战役而已，矛头所指向的，实则是整个创造社，甚至包括了也参与论争的太阳社。然而恰如古语所云，分久必合，合久必分，没过多久，鲁迅就与潘汉年并肩坐在了"左联"成立大会的主席台上，对面的会议代表里，也端坐着"齿白唇红"的"革命艺术家"叶灵凤。更为有趣的是，"左联"的筹备会议正是在这间公啡咖啡馆召开，成立大会的会场，也在这条多伦路上不远的地方。

"左联"的全名是中国左翼作家联盟，成立

于一九三〇年三月二日，是中国共产党直接领导的第一个革命文学团体。当时党内一些坚持正确路线的同志，批评了一九二八年革命文学论争中所出现的极“左”思想，作出停止争论，团结鲁迅，一致对敌，成立“左联”的决定。有意思的是，代表党参与和领导“左联”筹备工作的竟是潘汉年，他此时已经担任中央“文委”第一书记。据说，他曾多次登门拜访鲁迅，终于请出鲁迅担任“左联”的“盟主”。“左联”成立大会的会址在多伦路二〇一弄二号，并未临街，而是藏匿在多伦路后面的小弄堂里。这是一座三幢合一的花园洋房，红砖红瓦，清水墙，墙砖灰白色嵌缝，看上去既洋派十足，又庄重肃穆。工作人员告诉我，当时它是中华艺大的校舍，成立大会就在底层那间大教室召开。我先问有没有书店，他一指大门右侧的一间小屋，说：“那不就是。”有一个女孩在看店，不知为什么开着热热的暖风。书并不多，大抵都与“左联”有关，但都是多年前的旧物，所以定价极低，我选购了《左联论文集》、《中国三十年代文学研究》和《陶晶孙百岁纪念文集》，三本书总共不到二十八元。

二楼是展厅，一圈看下来，也生出一些遗憾。首先要说的是，在“左联盟员群像”中，根本找不见叶灵凤的名字，即便叶灵凤后来被“左联”除名，但其曾经是盟员终究是历史事实。按照叶灵凤自己的说法，他还不仅仅是普通的盟员，实际是发起人之一，按照他与“左联”领导人潘汉年“刎颈之交”的关系，这种说法应当符合情理。况且，那一时期他们两人过从甚密，潘汉年写的在思想上和理论上为建立“左联”做准备的重要文章《普罗文学题材问题》，就发表在叶灵凤主编的《现代小说》第三卷第一期上。至于叶灵凤是否出席了三月二日的成立大会，学术界流行的各种私人回忆中从来没有出现过叶灵凤的名字，但当年国民党中央执行委员会秘书长陈立夫签发的一五八八九号公函所附的“参加第一次成立大会的左翼联盟员”的四十九人名单，却包括了叶灵凤。叶灵凤本人曾说：“我与鲁迅翻脸极早，因此从未通过信。也从未交谈过。左联开会时只是对坐互相观望而已。”但他所说的“开会”是否就是成立大会，并没有说清楚。

叶灵凤一生谈到“左联”的时候并不多，可能“左联”所给予他的，更多的是伤害和苦涩。一九三一年四月二十八日，“左联”执委会发出开除叶灵凤的通告，其中写道：“……叶灵凤，半年多以来，完全放弃了联盟的工作，等于脱离了联盟，组织部多次的寻找他，他都躲避不见，但他从未有过表示，无论口头的或书面的。最近据同志们的报告，他竟已屈服了反动势力，向国民党写‘悔过书’，并且实际的为国民党民族主义文艺运动奔跑，道地的做走狗……”从上述措辞来看，倒不像“左联”抛弃他，而是他首先抛弃“左联”，这让我想到正史当中都不回避的“左联”从一开始就存在的关门主义和宗派主义，发展到后期，就连“左联盟主”鲁迅都受到“左联”某些领导的排挤、挖苦和打击，所以叶灵凤选择了避之不及。这实在是叶灵凤的天性和人生、艺术趣味使然。他可以热情地接受进步的思想，自发地为这种进步思想鼓与呼，但他宁愿选择自己所乐意接受的方式，不愿被一个呆板的组织羁束。

至于说他“屈服于反动势力，向国民党写‘悔过书’，并且实际的为国民党民族主义文艺运动奔跑，道地的做走狗”，实在无据可查。倒是后来成为灵凤的“《现代》同人”的施垫存的一番话，可拿来解疑释惑。他说：“叶灵凤于一九三一年加入‘左联’，从这一面看他是左翼作家，进步青年。但这个人另外还有一面。他住在姊姊家里，而他的姊夫是潘公展的部下，在市教育局当督学。潘公展是教育局长，负责控制上海文化事务。叶灵凤由姊夫的关系，常常很早就知道一些国民党的文化动态，因此就有人怀疑他是打入‘左联’的文化特务……后来，和他共事时间长了，摸清了他的情况。其实他和国民党没有组织关系，不过自以为消息灵通，在两边说话，失于检点。但他毕竟没有出卖或陷害革命同志。潘汉年每次化装来沪，总是到编辑部来找他。也许他还为潘汉年做过一些事。”文人之立世，终究靠的是文，那些热衷于做领导热衷于整人的人，而今安在哉？想到这里，我也就为叶灵凤释然了。也许叶灵凤早就释然了。

静安寺

叶灵凤在静安寺一带住过多年，可以说，这里也是他的上海梦起步的地方。读完中学，少年叶灵凤来到上海，进入上海美术专科学校学习绘画，那时的上海美专在西门斜桥，而叶灵凤则寄住在静安寺附近民厚里他的叔父家中，晚上在客堂里打地铺，白天背了画箱到学校去上课。每天步行到学校的时候，总是以哈同花园的红色围墙为起点。“去的时候倒不觉得什么，可是每天傍晚回来的时候，拖着沉重的步伐，手里提着画箱，有时还要挟着一个油画框，好容易从遥远的斜桥穿街过巷地走回来，远远地望见哈同花园的红墙了，心里才可以松一口气。可是这道犹太人的红砖墙，好像偏偏与我作对似的，总是走来走去走不完”，走啊走的，“不知走穿了我这个蓝布大褂少年人的多少双布底鞋”。叶灵凤后来并没有成为他梦寐以求的画家，而是开始了新文艺的写作，这倒不是他心疼自己的布鞋不愿走这长长的路了，而是因为他在民厚里遇见了一群吸引他引领他走向文坛的人。

民厚里也是哈同这个犹太富翁的产业，范围很大，分成南北两部。叶灵凤叔父的家在民厚南里，而在这同一个弄堂里，不仅有《创造周报》的编辑部，也住着风云一时的创造社诸君子。叶灵凤最先认识的一位是成仿吾，他那时已经向《创造周报》投稿了，便慕名去民厚南里的编辑部拜访，孤竹君三子之一的成仿吾诚恳而亲热地接待了他。后来郭沫若带着日本妻子安娜及三个男孩返沪，成仿吾就移住亭子间，把前楼让给了郭沫若一家。郁达夫也曾住在民厚南里一个人家的前楼上，小小的一张床，桌上和地上堆满了书。叶灵凤白天到美专去学画，下课回来后，便以“文学青年”的身份，成为达夫先生那一间前楼的座上客了。郁达夫读书又快又多，“往往头一天见他买了一叠德文日文的书回来，放在床头，第二天问他，却已经一夜全看过了。当时实在使我见了佩服得五体投地”。叶灵凤不仅模仿“郁达夫式的笔调”学习写作，而且参加了《洪水》的编辑工作，从此“正式踏上‘文坛’了”。

我选择了世界读书日那天去静安寺，一来是想走走叶灵凤当年走过的地方，二来也是奔着静安公园传统的书籍与玫瑰节。在世纪广场转地铁二号线，坐到静安寺下车，迎面就看到公园门前一丛丛的玫瑰兀自在雨中盛开。静安寺始建于三国东吴赤乌年间，叶灵凤曾说：“静安寺的寺址原来一定很宽大。那座寺前的天下第六泉，现在已经在马路正中，可知现在的寺门一定已经比原先退后了很多。”在叶灵凤那个年代，寺旁还有几排弄堂，称为庙弄，都是一幢一幢的小洋房，藏书家郑振铎、阿英都曾在这里居住，同样有藏书癖好的叶灵凤少不了成为他们两家的座上客，自然见识过他们丰富的藏书。静安公园就在静安寺的对面，据叶灵凤说，从前是一座外国人的墓园，“园址占地很大，古木阴森，碑碣纵横”。在墓园的墙外另有一条非常幽静的林荫小路，平日是很少有人走的，美专时期的叶灵凤“最喜欢到这里来写生，画这条小路的风景，画了一幅又一幅”。

静安公园比从前小了许多，小小的公园倒还精致。不过想象中的人山人海忙淘书的场景根本没有，可能是天公不作美，只有几个冷摊支着帐篷在雨中苦苦坚守。稀稀拉拉的人流，外籍人士倒占了多数，当中有几位恤衫上印着加泰罗尼亚字样的青年异常活跃，我一打听，原来这书籍与玫瑰节正是来自于加泰罗尼亚的传统节日圣乔治。“圣乔治节”起源于当地一个传说：一位美丽的公主被恶龙困于深山，勇士乔治只身屠龙，龙血瞬间化作玫瑰，乔治不但解救了公主还将玫瑰奉献给她。如今每到四月的二十三日，按照传统风俗，男士会向女士赠送一朵玫瑰以示骑士风度；作为回馈，女士会赠送男士一本书籍，象征知识与力量。我无玫瑰可送，只听得到雨打在伞上滴答作响，心中暗想：这凄清萧索的场面，莫非正预示着读书这件事正如玫瑰一般在雨中凋谢枯萎？

静安寺也是如此。依旧金碧辉煌，但早让周边丑丑的高楼破坏了和谐的景致。当年哈同花园的红墙早拆了，在原址建起了中苏友好大厦。民厚里虽然挺了差不多半个多世纪，终因旧房改造，遭遇了灭顶之灾。甚至连静安寺路都没了，变成了南京西路——假如叶灵凤再回上海，一定会站在街口茫然不知所向，他当年那么喜欢静安寺路，那么爱写静安寺路，《浪淘沙》里一句话：“西郊静安寺路上，远方的天际，正绚烂着血红的晚霞”，写尽了静安寺路的浮华与魅惑。《未完的忏悔录》里，他和男女主人公韩斐君、陈艳珠，更是出出入入静安寺路。韩斐君疯狂地追求舞女陈艳珠，买了一只很小巧的白金手表，预备送给她，揿了门铃，应门的侍者说她出去了。他怀疑她另有所爱，就去她家楼下守候，“果然，在我在杂志店里等了十多分钟的时候，一部绿色的跑车从静安寺路西首转了过来。”舞女终究是舞女，舞女只是到了舞厅进去舞池才瞬间焕发神采，而当时上海最好的舞厅就在静安寺附近，也就是到现在老上海们还常说到的“百乐门”。研究张爱玲的淳子说，当年张爱玲住在赫德路爱丁顿公寓时，站在阳台上就可以听到百乐门舞厅传来“蔷薇蔷薇处处开”那类慵懒的歌声。

我不是张迷，我来张爱玲故居，更是为了故居楼下那家千彩书坊。当年的赫德路改成了常德路，当年的爱丁顿公寓也改成了常德公寓，但那楼宇依旧惊艳，就好比张爱玲穿着昔日打扮回到今天依旧会惊艳是相同的道理。三十年代快结束的时候，叶灵凤从上海去了香港，远离了他梦寐难忘的静安寺；张爱玲却从香港回到了上海，静安寺的爱丁顿公寓正是她最初居住的地方。在这里，张爱玲正式开始了公寓作家的生涯，她的一系列非常重要的小说——《倾城之恋》《沉香屑》《金锁记》，都是在这里完成。她还在这里与胡兰成恋爱，秘密结婚，又黯然离婚。我在楼下仰头向六楼的阳台张看，因为我知道，张爱玲生性孤僻，不喜欢应酬，站在阳台上眺望世界成了她每天的日课。有一次，“一个人在黄昏的阳台上，骤然看到远处的一个高楼，边缘上附着一大块胭脂红，还当是玻璃窗上落日的反光。再一看，却是元宵的月亮，红红地升起来了”。不禁让我想起叶灵凤说的那句“西郊静安寺路上，远方的天际，正绚烂着血红的晚霞”。一个是晚霞，一个是晚霞消散后的月亮，却有着相似的色彩。千彩书坊虽然取了一个色彩斑斓的名字，店里的布置却只有一个张爱玲。在这里买一本张爱玲，到底跟在别处有所不同。拿着书坐到窄窄的庭院，听乱乱的雨敲打阳伞的棚顶，心中想这雨也不是张爱玲叶灵凤那会儿的雨了。

爱书也爱叶灵凤

赵克臻手写的叶灵凤小传

春天的时候去香港，叶灵凤先生的三女叶中敏在北角健康街柯达大厦的大公报社给我看了一堆有关叶灵凤的剪报资料，当中有一页半写在原稿纸上的叶灵凤小传。原稿纸为致生公司制，每页四百格，竖排，版心有双鱼尾。看那字迹，酷似叶灵凤的风格，但叶中敏说，这是她妈妈赵克臻写的。小传的全文如下：

叶灵凤原名叶蕴璞，一九〇五年出生于江苏省南京市。父名叶醒甫，满清时曾任武职，母王氏，有一兄两姊，五岁丧母。后因其父任职于镇江，故童年生活于镇江度过，十余岁时父又调任九江，就读于当地中学，毕业后得兄长之助，赴北京辅仁大学肄业，一年后离校。因醉心于美术，独自往上海，进美术专门学校，并开始半工半读之写作生活，毕业后竟放弃学画，专心于创作事业。后加入创造社，曾担任多种文艺刊物之编写工作，及《时事新报》等报刊之副刊主编。一九三〇年后进上海现代书局任总编辑之职。

第一次婚姻对象是女作家郭林凤，结婚数年后因性情相左而离婚。一九三七年一月一日再与现代书局同事赵克臻结婚。

现代书局改组后，转任时代图书公司编辑。七七事变，抗日战争开始后，与夏衍、郭沫若等同创刊《救亡日报》，上海沦陷后，迁往广州继续出版，广州失守，又迁往广西，当时因政治问题，被逼停刊。此后退回香港居留，初时任《立报》副刊编辑，后进《星岛日报》，主编文艺副刊《星座》，前后达三十多年，终因眼病退休。于一九七五年十一月二十三日病逝，享年七十一岁。有三子五女。

这篇小传简明扼要，基本写出了叶灵凤一生的概貌，有些情况，我也是通过本文第一次听说。又因了出自传主配偶之手，可信度应该较高。稍感遗憾的是，由于篇幅所限，有些内容无法进一步展开。我这里结合其他一些资料，试对这篇小传的个别部分作一些注释和补充。

叶灵凤原名叶蕴璞。叶灵凤原名叶蕴璞，灵凤是他的笔名。家人解释，灵凤之名出自李商隐诗篇《无题》中的“身无彩凤双飞翼，心有灵犀一点通”。罗孚说：“灵凤这个名字常常被人误会为女性，就在他工作多年的那间报社里，也有过这种误会。事实上这的确是一位女性的名字……为了纪念这位女性的故人，就以她的名字为名了。”这位“女性的故人”，指的是叶灵凤的第一位夫人郭林凤。据说叶灵凤曾有一个印章“双凤楼”，还写过一组“双凤楼随笔”，纪念这位“女性的故人”的用意很明显，但取名“灵凤”，时间上却是在结识“同名的她”之前。像许多作家一样，时间久了，笔名就不再是笔名，而成为正式的名字。在与第二任夫人赵克臻的结婚证书上，用的名字就是叶灵凤，而不是叶蕴璞。在五十余年的写作生涯里，他还用过许多其他笔名，早期用得较多的，有亚灵、昙华、雨品巫、佐木华等。在封面和插绘设计上，一般会署上一个英文的LF，看起来很像一个“正”字。晚年用得较多的是霜崖和叶林丰，以及叶灵凤和叶林丰的拆分或者衍生品，如叶林风、叶、林风、临风、任风、凤、凤兮、风、丰等。香港沦陷时期，被迫写一些违心之作或无聊之作，署名也是忽真忽假，变化莫测，有时甚至署上夫人的名字，如赵克臻、克臻、克、赵克进、进。为了谋生，叶灵凤在上海和香港都写过不少《书淫艳异录》、《欢喜佛庵杂记》之类的专栏，前者习惯署秋郎、秋生、白门秋生，后者有时署番僧等。叶灵凤好像并不愿意被人知道“秋生”的真实身份，一九四七年的一则日记写道：“以‘秋生’笔名所写的稿，已成公开秘密，很觉无趣。”罗孚对此颇有会意，他认为：“他当年要以白门秋生的笔名写这一类文章，恐怕也多少认为这些东西有些不雅，或有些无聊，才用笔名而不用真名的吧。”而据方宽烈考证，叶灵凤在沦陷时期主编《大众周报》时，还用过另外两个笔名，方氏的文章说：“翻译方面他用笔名青楼萧史译写中篇小说《香艳浮生记》，描述一个乡村少女到城市堕落的过程，内容相当猥亵，据说原书名叫《丘芳年回忆录》，作者是约翰克里·兰。还有一篇中篇连载《香港海盗史话》，用鲛人的笔名发表，可能亦是叶氏所写。”叶灵凤用过的其他笔名还有：任诃、任柯、凤轩、燕楼、沛堂、南村、香客、龙隐、秦静闻等。

一九〇五年出生于江苏省南京市。叶灵凤的生年，赵克臻写的是一九〇五年，这也是坊间比较流行的说法，但叶灵凤的女儿叶中敏为“叶灵凤香港史系列”撰写的《叶灵凤生平简介》则写为一九〇四年。罗孚在《叶灵凤和鲁迅的骂战》一文中也说：“叶灵凤生于一九〇四年……施蛰存是比他迟一年，一九〇五年生的。”查叶灵凤一九三七年结婚证书上的表述是：“现年三十二岁，中华民国纪元前七年四月九日寅时生。”照此推算，似乎应该以一九〇四年为准。关于叶灵凤的籍贯，该结婚证书则称系江苏省江宁县人。据叶灵凤自述：“《白下琐言》有一处提及‘九儿巷’，这是我家的祖居所在，我就是在巷内的一座古老大屋内出世的。大厅的大屏门上有壁画，据记在太平天国占领南京时，这屋曾经作过王府。”他在一九四四年发表的《乡愁》一文则说：“很少人知道我的家乡是南京。我不大提起我的家乡，并不是因为这家乡不值得我的忆念，而是因为我对于家乡的事情实在知道得太少。从小以来，我就承受了父亲的命运，开始离开了南京，最初是为了知识，后来是为了衣食，在长江上游和下游的几个城市里消磨了我的童年和少年。”“长江上游和下游的几个城市”，指的是镇江、昆山、九江和上海。他在这几个江南小城读完了小学和中学后，进入上海美术专科学校学习美术。根据赵克臻的这篇小传，叶灵凤在进入上海美专之前，还曾在北京辅仁大学肄业一年。难怪他的长篇小说《红的天使》竟以古都北平作背景，难怪他会说：“我理想的家乡则是北平。”

父名叶醒甫，满清时曾任武职。叶灵凤自小跟随父亲辗转南京、镇江、昆山、九江，这在他的几篇随笔小品中已有描述，但他父亲做的是武官，他则少有透露。赵克臻先生将叶父的姓名写作“叶醒甫”，而在新近发现的叶灵凤赵克臻结婚证书上却写作“叶性甫”，鉴于后者属“法律文书”，可能更为可信。在一九三七年叶灵凤与赵克臻结婚时，证书上叶性甫是以主婚人身份出现，可见那时他还在世。

母王氏，有一兄两姊，五岁丧母。叶灵凤曾经自述：“《白下琐言》有一幅江南制造局的插图，其题字署名‘古虞吕福俟厚庵’，这乃是我的外祖父。（吕氏继母。我自己的亲生母亲是王氏，住明瓦廊，吕家则住评事街富德巷）。”五岁丧母的记忆，是一种使他终身苦痛的印象：

> 一个夏天的深夜，在一间古老而阴沉的大屋内，煤油灯光下，躺着一个中年妇人，旁边睡着一个五六岁的孩子。有谁将这沉睡的孩子从大床抱了出来，他醒了，睁开眼来，看见桌上有一堆的黄豆，有人正在用红头绳缚着这个妇人的脚。
>
> 这个小孩便是我，床上躺着的是我的母亲。母亲是染了当时流行的急症突然死去的，

据姊姊后来告诉我，当晚晚饭过后，母亲还背了我哄着我入睡，却不料半夜得了急症，医生还没有请到就断了气了。桌上的黄豆是救急用的，脚上缚的红头绳是一种迷信，预防有什么意外。

这阴郁的记忆支配了我的童年生活，也影响了我的性格，更使我对于家乡的印象染上了一层灰暗。在我的记忆中，家乡是没有春天的。

“七七事变”之后，叶灵凤南下广州，广州沦陷后又定居香港，战乱年代中一直与父老南北阻隔。战后的一九四六年初，才得到一些家乡的音讯。这年的二月四日，他接得友人君尚自南京来信，“知在近数年中，继母已在镇江因无人照应去世，大哥嫂则流为小贩。因近年每见街边无家可归的老弱，总幻想自己的家人也难免是这样。今果然如此。”六月十五日大哥来信，“诉年来颠沛苦况，现暂时住在紫眉表弟处。中年手足，境况如此凄凉可慨也。”七月一日，“由上海银行汇十万元与大哥，另发一信”。半年之后的旧历除夕，叶灵凤似乎还沉浸在对家乡亲人的牵挂之中，这一天他未出门，只写下这样一句话：“故乡今夜思千里，双鬓明朝又一年。”

据说，叶灵凤对继母并不认同，实际是由比他大七岁的大姐一手把他带大，因而姊弟之间骨肉情深。大姐名叶华，年轻时参加过学生运动，多年之后叶灵凤还跟自己的儿女夸他们的大姑妈那个时候是如何能干。叶华的丈夫是周尚，据施蛰存回忆，他是国民党上海“文化编制”大员潘公展的部下，因此叶灵凤能从他那里探听到一点消息，因而曾被人怀疑是打入“左联”的文化特务。但叶中敏曾经跟我说，她爸爸好像不太喜欢他这个姐夫，就因为他给腐败的国民党政府做事。可是晚年的周尚对于叶灵凤倒是颇有知心之言。一九八六年他在民盟机关报《盟讯》发表过一篇《忆艺术家叶灵凤》，引用白居易的“试玉要烧三日满，辨材须待七年期”，来评价叶灵凤的忠奸功过，他指出：“对表象相似的，不可盲目相信，忠奸、善恶、功过、是非、真伪，历史终会作出判断。”说这话他也有根据：“降书一到万民舞，日本无条件投降了，中国驻港官员纷纷返港。香港中统负责人沈哲臣曾没收灵凤的印刷机和白报纸，不久查明灵凤是心存北阙的爱国者，发还了他财物。”

周尚的文章还透露了不少叶灵凤姐弟的行状，譬如对于少年叶灵凤外貌的描写：“常见他穿了一件蓝布长褂，头发长得像捻军，雪嫩的鹅蛋脸，眉宇间透露英俊洒脱，的确，‘风流不在衣衫多’，他微带口吃，不善辞令，见华姊时，开头每说‘无事不登三宝殿’，其勤其忙其穷可知。”再如对于灵凤和大姐当年住处的回忆：“一九二八年《幻洲》被禁，改出《戈壁》，旋也被迫停刊。翌年二月七日，创造社被贴上封条，灵凤被捕。保释后，与华姊同住施高塔路兴业坊。一九三七年，一场民族生死存亡的抗战开始，姊弟两家避难迁居亨利路亨利村。”施高塔路兴业坊给叶灵凤的印象很深，一直到退休那年，他还可以凭记忆画出示意图。这个地方离鲁迅居住的大陆新邨不远，所以叶灵凤与鲁迅还多少算个芳邻。叶中敏曾跟我说，当年叶鲁两家并不来往，但两家的保姆却是有往还的。

周尚的文章还说：“一九三九年，‘菡萏香消翠叶残’时节，乃姊叶华因爱国故，在上海马思南路五十八号家中被汪精卫派打手抓去，囚于杀人魔窟的‘76’号。灵凤闻讯，痛不欲生，由此，他的健康走了下坡路。”叶中敏在她父亲去世后写文说：“在他晚年有一件令他欣慰、兴奋的事，就是我在前年和今年暑假回内地旅行的时候，在上海和北京探望了大姑妈、二姑妈和众多的表兄表姐，知道他们都生活、工作得很好。我写回来告诉爸爸见到大姑妈的信，他一直放在手边；带回来的照片，他每天都要拿放大镜看一回。大姑妈特地给他做了他最爱吃的笋脯豆，他每天都一小把一小把的抓来吃。”

叶灵凤本人也回内地见过大姊二姊。一九六五年国庆前夕他应邀去北京参加李宗仁归来记者招待会期间，年已六十七、右目有障、右腿行动略有不便的大姊，特意从上海乘火车来京相见。叶灵凤在驻地新侨饭店留他的大姊和两个外甥叶周、周龙在餐厅午餐，还拍了一张照片。隔一天的晚上，又到新华社宿舍叶周处，见到他的爱人周敏仪，同往“烤肉宛”吃烤卤。叶周是新华社记者，曾于一九九七年在《中华读书报》发表过《叶灵凤与香港》一文，对他幼时所见到的沪港两地叶灵凤的书房多有描述。

赵克臻的小传中没有说叶灵凤有弟弟，但叶中敏说，他爸爸有一个弟弟，是国民党的空军，一九四九年去了台湾，后来做了不小的官。根据叶灵凤的记载，一九四九年的十月八日，“蕴莹弟自台湾来。仍在空军服务。明日拟归去。”料想此蕴莹弟系继母吕氏所生。

有三子五女。叶灵凤与赵克臻育有三子五女，三子为中凯、中健、中辉，五女为中绚、中慧、中敏、中美、中娴。其实还有一位女儿中明，本来排行次女，不幸在一九四七年的七月十九日以肺炎夭折，年六岁，得病仅二日，葬于跑马地天主教坟场。叶灵凤伤心至极，以至于日记为此中辍了将近两年。叶灵凤去世后，赵克臻率子女在报章刊登讣闻，仍将中明的名字加黑框排在众儿女之列。在这些儿女当中，叶中敏可算子承父业，她自幼爱溜进父亲的书房看书，一开始是偷偷摸摸，慢慢被父亲发现了，不仅不批评，反而非常赞许，后来在罗孚介绍下进入《大公报》工作，一直做到了副总编辑和总主笔，至今仍然每天值夜班写社论。我和叶中敏老师见过多次，每次去香港她都要抽出空来请我餐叙。人跟她的父亲一样平易低调，要不是我在罗孚之子罗海雷的书里见到旧日合影，还真不知道七八十年代赵紫阳、陈慕华等中共领导人接见香港左派新闻界代表团和香港爱国人士代表团，她都是成员之一。最小的女儿叶中娴也擅写作，以前在香港做过电影编剧，后来随夫君旅居海外，出版过随笔集《窥视中东》。长子中凯已过世，中慧、中辉、中美居香港，中健在澳门，中绚定居多伦多。叶家第三代男丁只有叶超骏一个独苗，爷爷去世时，他只有九岁，当长辈们选了一些爷爷生前爱读的书籍放进棺木时，他在一旁建议：“放一本《人民画报》吧，爷爷喜欢从头看到尾的。”

陈君葆日记中的叶灵凤

一九七五年十一月二十五日，叶灵凤先生的丧礼在香港殡仪馆举行，致送花圈及吊唁者甚众，他的好友陈君葆特撰挽联向他拜挽：

心眼果能通增邀野鹤呼灵雨

火花疑未断应与寒丹住凤凰

陈君葆，一八九八年十月七日出生于广东省中山市三乡镇平岚乡，一九八三年六月二十五日寿终香港。一九三四年，受聘为香港大学冯平山图书馆主任兼文学院教席，与许地山为同事，对香港新文化及平民教育贡献良多。日军侵占香港后，搜查香港大学，并封闭冯平山图书馆，陈君葆忍辱负重，茹苦含辛，誓与藏书共存亡，不但使馆藏得以完璧，而且还广搜校外书籍搬回保存，使得日军要将其焚毁或卖掉的放言沦为空谈。香港沦陷前夕，南京中央图书馆将一百一十一箱珍贵典籍寄存于冯平山图书馆，还没来得及转往海外即被日军盗回本土，日军投降后，陈君葆多方设法，将其寻回，避免了这批国宝级书籍流失异邦。

陈君葆素有写日记的惯习，经年未断，弃世方休，历年积攒多达百册。一九九九年，陈君葆的女婿谢荣滚与陈氏后人一道，将其中一九三三年至一九四九年间的日记整理注释，交由商务印书馆（香港）有限公司出版，我得到书讯，曾经托人从香港购回一套。香港浸会大学历史系主任周佳荣博士将此书誉为“大时代的证言”，所评殊非妄言。陈氏身处动荡年代，结交多为一时豪杰，腕底春秋，毫端月露，堪称风云际会，其中尤以日占时期香港生活实录为最珍贵。而这一时期，他与叶灵凤双双滞留孤岛，顾影相怜，相濡以沫，因之关于叶灵凤行状的记载甚多，甚至远远多于叶灵凤的夫子自道（叶灵凤沦陷时期亦有日记，曾披载于卢玮銮、郑树森主编的《沦陷时期香港文学作品选——叶灵凤戴望舒合集》，但三四年时间总共只有十九则。我后来披阅过叶灵凤全部日记的原件，证实总共只有这些。也许他从事的地下情报工作不允许他有更详细的记事，也未可知）。

香港的沦陷是在一九四一年的十二月二十五日，史称黑色圣诞节，此后香港就陷于水深火热之中。二十八日那天，陈君葆记："傍晚有兵入屋，家人均惊惶不已。阿霞几乎罗厄，后来我和那二等兵说明她是女仆，同时他又发现我案头的几多佛学书，才叫那勤务兵把她释了。云湘胆子最小更为震恐，但我可有甚法安慰她。"虚惊一场，尚属幸运，但不是所有的人家都能逃过一劫，刘智鹏、周家建所著《吞声忍语：日治时期香港人的集体回忆》记载的吴溢兴的一段口述，可再现彼时令人发指的情形于一斑："日本兵进入我们的店铺时，幸好我家姐及时躲上了屋顶，但邻居的妇女却被他们强奸，她们的家人只能走出屋外哭泣，不愿留在屋内，既无助又无奈。"此后的一九四二年，整整一年，陈君葆的日记也只记了十八天，印象最深的是九月十五日："自月初以来则每觉郁郁不乐，在苦闷中成无题七绝六首。"其中第一首云："休问书生为底狂，水寒消息断人肠，小园赋罢花零落，总不逢君也自伤。"陈君葆说："不是有闲情来作诗，结在胸里的话是要冲口出的。"

到了真的"逢君"，也就是叶灵凤出现在陈君葆日记时，已经到了一九四三年的年初。一月二十六日陈君葆记："午后往访灵凤，望舒也在，大家均似感精神食粮缺乏而希望图书馆能早日开放。"陈君葆当时可能不知，那个月，叶灵凤刚刚被秘密任命为中国国民党港澳总支部香港党务办事处干事。上一年的年中，则经调查统计室香港站工作人员苏武介绍，已被发展为特别情报员。表面上的身份，却是香港占领地总督部临时嘱托。在这同时，他还担任和日方有关的大同图书印务局的编辑部长。战后日本公布的极密档案以及“配合他工作”的香港“金王”胡汉辉晚年所作的口述表明，他就是把在这些职务上可了解到的一些情况，提供给国民党的香港站。

一九四三年五月三日下午，陈君葆“遇灵凤于车上”，一直到八月底，叶灵凤才又重新出现，为什么叶灵凤突然消失了小半年？原来这期间他被日军抓去坐牢了。话说叶灵凤的情报工作营运了差不多一年之久，香港站的据点突被日军宪兵发现，根据搜查出的名单抓捕了许多人，其中就包括叶灵凤。家人讲，他是端午节进去，中秋节出来，在香港高等法院的旧址，被关了三个多月。一九八八年六月二十四日，叶灵凤夫人赵克臻曾经给罗孚写过一封长信，详述了叶灵凤的坐牢和她设法营救的过程。大约在中秋的前一日，叶灵凤获得无罪释放，但被勒令不能离香港。“可惜其他四十多人，大都被判死罪，或病死狱中。”

这些内情叶灵凤当然不便和陈君葆讲，事实上他一直到死也没跟任何人讲。香港重光后的一九四六年五月三日，叶灵凤曾在日记中写道：“开始计划写《流在香港地下的血》，记所参加的秘密工作及当时殉难诸同志狱中生活及死事经过。在卅余人之中，只有我是写文章的，而我又幸而活着，所以我觉得我有这责任。”但他终于没有写出。兴许是战后在香港碰上了年轻时的战友潘汉年，又从中共方面领得了新的任务，因而不便写此类敏感文章，也不是没有可能。因为香港沦陷之前和之后，潘汉年作为秘密战线的负责人，都曾在香港活动，据叶灵凤自己记载，一九四七年二月六日，他“在香港酒店遇见潘汉年”，并“约定明日偕夏衍乃超来家中小叙”。

次日潘汉年他们一直在他家滞留到“晚饭后始行”。当然这都是后话。

叶灵凤出狱后不久，陈君葆就遇见了他，这是一九四三年的八月三十一日：“从东亚研究所出来到大同去走一遭看看望舒，灵凤已出来了，相见之下不胜感慨，他面色灰白似举步不大健的样子，屈指相隔已三个多月了。”可知这三个多月的牢狱之灾给叶灵凤肉体和精神所施予的双重折磨。

十月间，陈君葆与叶灵凤过从相当频繁，而每次的相聚几乎都与东亚研究所有关。据香港学者黄振威考证，东亚研究所全名为东亚研究所香港事务所，是东京神田区骏河台东亚研究所的分支，位于中环毕打街十八号，与叶灵凤工作的大同图书印务局近在咫尺。东亚研究所有几位灵魂人物，主要是小川、小原、中込，都是日本来港的研究人员。根据陈君葆日记的记载，十月二日，“午与灵凤往访小川，因到京沪饭店午饭”。十月十七日，“晚叶灵凤戴望舒假大华饭店请宴，到的东亚研究所的小川、小原和中込，同盟社的小掠。灵凤的太太也于此次初认识，以前她大概不大出来活动也。小掠据说是广东通，但普通所谓‘通’也者只在饮食起居穿着女人方面讲究耳，虽然这也是入手方法，并不应十分菲薄的。真正对学问有研究的仍以小原为首屈一指，堀内也颇有眼光”。这期间还从台北大学来了位岛田教授，陈君葆于十月二十日“午后二时半与岛田教授于香港大酒店门口会齐同往南方出版社介绍渠和叶灵凤、戴望舒认识，纵谈欧洲文学至差不多四点才兴辞出”。

陈君葆所用的这一个“兴”字，也道出了叶灵凤与他们交往时的感受。叶灵凤主编的《华侨日报・文艺周刊》曾经向岛田和另一位受聘来港的日本学者神田约稿，在《编辑后记》里，叶灵凤写道：“连日以来，我们向两位先生请教之余，不仅在学问上获益不少，同时两先生态度谦冲诚挚，也使我们年来寂寞的心上感到一种温暖。”叶灵凤还在文中论述了中国与日本在文化方面的相互影响，并指出：“中日事变已相持了六七年，但无论在怎样的情形下，中国文艺者从不曾在文化上将日本当作过敌人。”但陈君葆对于所谓的中日“文化交流”似乎语多揶揄，在一次欢迎神田岛田“两位友邦文人”的酒店小集之后，他写成绝句四首，其中第三首云：“浮海人来有盛名，千秋事业独关情；如何文化交流日，鼙鼓犹闻战伐声？”而在一九四四年十月三日他和叶灵凤都有参加的“应神田的茶会”之后，又写道：“在茶会中，神田演说，显然而非闲视其事了，随后他又三番四次地分别征求各人关于文化联络的具体的意见，诚如散席后观伟所云，大有迫不及待的样子，似乎他总要做些文章出来好交卷，这在许多人看来总露出办事欠老到哩。照这样看文化协会一类的组织一下子也弄不起来也。观伟的见地，侧重友谊的联络作基础，我意也以为不能更有进于此者。灵凤提出刊物的意见，却又是本色话了。”

关于叶灵凤、陈君葆与日本学者的交往，黄振威有句话倒是颇能说出个中三味：“叶、陈等虽与小原等各为其主，但在日夕相处之下，彼此也开展了真正的友谊。”但天底下没有不散的宴席，沦陷后期，日本大势已去，再无力维持香港的东研。一九四四年六月二十九日，陈君葆日记记载：“午后顺路到东研去会小川们，因灵凤也在那里，他说因为听见东研要结束，少不得到那里去坐坐，人生聚散不常，小川们几个还算谈得来的，在目下情势中总算难得之至，多叙会几次也好，其实他们也十分可怜了，东京好几个月没有汇款来，据说小原要把蚊帐卖掉了。”这天，他们少不了要喝上两杯，但场面实在寒酸。“小川拿出啤酒来，每人只分得一茶杯”，“香烟也抽尽了，大家往后要吸便不能不累望舒把他所余的几根也掏出来了”。值得一提的是，即使自己处于穷途末路，小川、小原也不忘一再帮助陈君葆：“昨晚小原遣李姑娘送三百円来，并附一封英文信，那使我十分感动。那三百円本来是华侨日报给那译《宫崎滔天》一文的稿，隔了许多个月才发出来；但那译稿的酬金早已由东研付了，而小川得此亦无甚用处，因转而以移赠与我云。这又是知我贫而想出许多要帮忙我的一片苦心了。我虽然不能接受他们的好意，可是回想到自己在香港有许多故旧都不能接受他们的助力，倒是无缘无故地只凭一面思想文字之交便使他们异邦人士对我如此关怀，这倒使我中夜抚膺，愧恨无地自容也。国际的情势，对此使我只感到痛苦，有时觉得无以自解，单纯人类的交感作用使我感到本国人的素质劣，而民族前途仍然暗淡。”

陈君葆的贫，绝不是文人的为赋新词强说愁。在沦陷时期的香港，物价飞涨，三餐不继，特别是沦陷后期，更是“物价益复高涨，人心似更张惶”。“连日以来路上每发见饿毙的市民”，惹得陈君葆“不禁为之心酸一阵”。就连结婚的茶会也带了战时的风味了：“先由侍役来数一数各桌的人数然后才每人派定西饼两件茶一杯”。爱书的陈君葆“这一向都不曾到地摊去买书了，原因之一是袋里没有钱”。就连买片糖，也要等着叶灵凤送稿费来。一九四四年五月三十日这天一早，“叶灵凤遣女仆送了稿费二十円来，刚好这几天正等着买些片糖来煲番薯糖水，虽然二十円只能买四斤糖左右”。但过了一年，片糖价格已涨得非常离谱，“次等的也要七十二円了”。陈君葆“写了一封信给灵凤说‘平居无别嗜，仅喜糖茶咖啡，此与足下殊酸碱，夙所知也，现姑拟以此定笔润，每千方块易片糖二斤或白糖一斤如何？’书去后下午他打电话来说‘提出抗议已知道了，一切均容易’，我说‘抗议则何敢，吃糖则固所愿也”，相与一笑”。真正是苦中作乐，甘苦与共。

叶灵凤自己儿女一群，生活也是大不易，“侧身‘大东亚共荣圈之一环’的香港，‘六两四’之余，有时闲得难受，有时饿得几乎不能安贫”，为了换米，只好在《大众周报》上经营《书淫艳异录》和《欢喜佛庵杂记》这两个“多艳异猥琐之事”的性学书话栏目。陈子善说：“当香港沦陷，叶灵凤留港担任国民党中央调查统计局香港站特别情报员，从事秘密的抗日地下工作。因此，不难理解，编辑《大众周报》正是一种伪装，一种掩护，续写‘书淫艳异录’专栏也应该别有怀抱和寄托在。”这就有些过于郑重其事。陈君葆日记曾载：“小川谓据灵凤告诉他，香港办报若不谈女人那便没有人看了。”可以推想，叶灵凤之重作冯妇，一方面是旧癖难医，另一方面不过是为稻粱谋而已。耐人寻味的是，这些文章虽属“杂谈男女饮食，乃至荒诞不经之事”的不登大雅之作，却往往“出以干净笔墨”，甚而至于“文字清通优美”，尽管如此，作者却似乎不愿暴露真实身份，不只署以白门秋生和番僧的笔名，还在

《小引》中故意营造编者力邀，盛情难却的假象。反观他写的那几篇礼赞大东亚圣战的社论评论，却堂而皇之地挂上了叶灵凤的金字招牌，难道他不清楚这类“汉奸文学”性质上比“饮食男女”严重得多？要想追本探源，恐怕不能离开彼时彼地的历史情境。赵克臻在写给罗孚的信中，对当时的“高压”态势有过这样一番回顾：“灵凤在释放后，仍主持‘南方出版社’及‘时事周报”，不久又惹上了另一次风波。在农历新年的周报上，他写了一篇小品文，题目是谁说‘商女不知亡国恨’，内容是元旦日他路过石塘咀，见到那里的导游社等风月场所，居然挂上了国旗，很是感动。谁知此文刊出的第二天，中区宪兵分部‘田村曹长’，带队来到我家，要将灵凤带回去问话，声称文中有煽动性及不友好的意念。”有人这样为叶灵凤辩解：“以叶灵凤当时的处境而言，日本人要利用他的名望做‘统战’工作，不会让你一直躲在‘白门秋生’的假面具后混日子，总得不时以本名‘表态’一番的。”叶灵凤在一九四五年一月二十一日发表在《华侨日报·文艺周刊》的《跌下来的果子》一文中也曾说：“最痛苦倒地，同时也是最坏的，是自己所不想写而又不得不写的文章。”

不只是写自己不想写而又不得不写的文章，叶灵凤还参加过一些与日本占领军有关的文化活动，陈君葆就在日记中记述了叶灵凤组织新闻学会的一些情形：一九四四年六月七日，“叶灵凤打电话邀我到松原茶叙，并交香版的一篇文章‘关于《广东续通志》’给我看。他并告诉我新闻记者协会成立已把我举了作名誉顾问，而这又是拿来代替新闻班的机构云。我想这已是无可与辩的事也只好听之而已，但究不知将来演变至若何形态。并且将来又具若何妙作用”。七月六日，陈君葆又记：“叶灵凤们组织新闻学会邀我作名誉会员，已设法推辞，今天他们开成立大会，灵凤又写信来约去参加并说‘总督也出席，而且有午餐'，我待不去，他打电话来说'座位是排好的，缺席恐不好看'，于是我只得去了，在一方面看，倒像哺餟也似的。”在这个成立大会上，总督矶谷、海军司令大雄、总务长官计泊以及民治部长、宪兵队长等都有出席。坊间还有个传说，叶灵凤“又是日军报道部选派到东京出席'大东亚文学家会议'的两名香港代表之一”，但叶灵凤的夫人赵克臻在写给罗孚的信中对此予以了澄清，说叶灵凤“从来不曾去过东京”。罗孚后来撰文也改变了说法，称叶灵凤“台湾，没有去过；外国，更没有去过”。关于这件事情，张泉发表在《新文学史料》的研究文章考证甚详：“关于中国代表的人选，日方本期望周作人、俞平伯、张资平、陶晶孙、叶灵凤、高明等名人能够参加，但实际到会的都是一些不太知名的人物”，“日本利用权威人物提高'大东亚文学'号召力的设想，一开始就未能如愿以偿”。

历史上不乏“奉命”做“汉奸”的人，例如

袁殊。他二十岁加入共产党，立即就被派去参加情报工作，一干就是十四年，当到了汪伪国民党中央宣传部副部长，是个“奸”名远播的响当当的“汉奸”。据罗孚在《北京十年续编》一书中透露，袁殊后来常对人说：当时好像我们是演戏，幕后指挥的是潘汉年、王子春，台上演戏的是我，只要戏演好了，羞辱是个人的，算不了什么！叶灵凤似也是“奉命”做“汉奸”，内心肯定有难以排解的羞辱感，那个时期，他密集研究史上被迫屈节出仕的人物，表达的可能正是自己隐隐作痛的心曲。他写吴伟业：“吴梅村为明季诗坛一代宗匠，明亡后为时势所逼，更事新朝，后世论者对他的批评虽不同于钱牧斋龚芝麓，颇加曲谅，但他自己则始终以枉节自歉。”他写郑思肖：“郑所南最著名的逸话，便是自宋亡以后，画兰露根不着土，自谓土地已为番人夺去。所谓‘露根兰’，便是他的独创的画风。”“他晚年弃家漫游，耽信佛老，多寄寓寺院中，病亟自知不起，嘱他的友人唐东屿说：‘思肖死矣，烦书一牌位，当云大宋不忠不孝郑思肖’。自赞其像曰：‘不忠可诛，不孝可斩，可悬此头于洪洪荒荒之表，以为不忠不孝之榜样。’”

叶灵凤的悲哀还在于，他的心中一直有一个郁结，他的衷曲却一直难与人道。他的忘年交慕容羽军曾说：“和叶灵凤交往那段时间，什么都谈过，单是有关许多人声讨他战时‘落水’的过程，几度想开口问个究竟，可是，总觉这问题不适宜由我这‘晚辈’追问。有一次，曾经鼓起勇气，趁着向他讨教外国人以香港作题材的文学作品告一段落时，冲口而出说：‘有一个问题想了很久……’说到此处，却突然住嘴，忙改口说：‘那是很幼稚的问题，算了，还是谈别的吧！’叶老此时瞪着眼睛望着我，良久，说：‘我知道你想问什么，苏武的故事你应熟知，他从塞外归来，别人的目光不也对他投以异样的冷漠！’”“记得他曾对我说过：你曾在抗日前线担任过工作，那是正面的；有些人所做的是迂回的，效果应该是一样，想来，他是在替那一回的谈话作了注释。”不说“别人”，即使是陈君葆这样的知交，对叶灵凤也不是没有产生过须臾的怀疑。一九四五年八月二十三日，陈君葆在日记中写道：“灵凤的意志似见动摇了，他的《文艺周刊》时期的作风仍未能免。我真不明白，他留港的目的在发财呢，抑或在有所建树？现在的结局不晓得当时他们曾否有着真正的信心；抑或纯然投机主义？”说这话时，日皇刚刚发布投降诏书没有几天。此后的一个时期，陈君葆忙于重光之后各种重建事务，但与叶灵凤的酬酢并未减少，而且，他们的交情一直持续到终老。叶灵凤去世前一年，陈君葆写下《贺叶林丰六十九寿辰》一首，堪称对叶氏不平凡一生的盖棺论定：“一生岁月几知非，笑疾谁从问陆机。六十九年遽伯玉，圣人门户见马稀。”

叶灵凤与邵洵美

诺贝尔生物学医学奖获得者屠呦呦的名字出自《诗经·小雅·鹿鸣》中的“呦呦鹿鸣，食野之苹”，国人几乎无人不晓了，还有一位民国文坛名宿的名字也与诗经有关，知道的怕不是很多。这就是邵洵美。这两日耽读邵绡红写的《我的爸爸邵洵美》，在一边忙她的事的小女冷不丁扔过来一句：“邵洵美的夫人是叫佩玉吧？”我吃了一惊。她接着说：“佩玉将将，洵美且都。”我说你哪来这么多垃圾信息，她嘿嘿一乐。邵洵美的夫人确实叫佩玉，典出《诗经·国风·郑风》中的“将翱将翔，佩玉琼琚，彼美孟姜，洵美且都”。邵洵美原来却不叫洵美，本名云龙，与佩玉热恋时，从诗句中选了相邻的“洵美”两字作名，以示琴瑟和鸣。

邵绡红为她父亲写的传记中，有多处提到叶灵凤，这也是我买这书的主要缘由。叶灵凤和邵洵美，一生中有过很多交集，两人也有许多的相似之处。先从名字说起，叶本来也不叫灵凤，而叫蕴璞，灵凤两字同样采自诗句，是李商隐的“身无彩凤双飞翼，心有灵犀一点通”。“洵美”是真的美，“灵凤”也是不著一字，尽得风流，合该两人都擎起了唯美派的大旗。有所不同的是，叶灵凤自称“一生从来不写诗”，而邵洵美则出版过诗集。他在新诗《你以为我是什么人》里，曾经这样写——“你以为我是什么人？/是个浪子/是个财迷/是个书生/是个想做官的/或是不怕死的英雄？/你错了，你全错了。/我是个天生的诗人。”不过在鲁迅眼里，邵洵美和叶灵凤倒像是“一丘之貉”。鲁迅骂叶灵凤是“齿白唇红”的“流氓画家”，我已反复写过了；他骂邵洵美，更是牵连到了人家的祖宗。在《拿来主义》一文中，鲁迅这样写：“……因为祖上的阴功，得了一所大宅子，且不问他是骗来的，抢来的，或合法继承的，或是做了女婿换来的……”这是在暗示，邵洵美的文坛登龙，不过是靠着闺奁嫁妆裙带关系。真实的情况是，邵确是清末一品大臣邵友濂之后，三代煊赫。而他的妻子盛佩玉，则贵为中国实业之父盛宣怀的孙女。不过，邵洵美倒还不是个典型的纨绔子弟，反而生性慷慨，一时有“上海滩孟尝君”之美名。邵洵美对鲁迅的误解显然耿耿于怀，他在监狱服刑时曾向狱友贾植芳郑重交代，将来出来的话，有机会要为他写篇文章，帮他澄清两件事。其中一件事“就是鲁迅先生听信谣言，说我有钱，我的文章都不是我写的，像清朝花钱买官一样‘捐班’，是我雇人写的。”邵洵美说：“我的文章虽然写得不好，但不是叫人代写的，是我自己写的。”

叶灵凤一生挚爱英国鬼才画家比亚兹莱

（Aubrey Beardsley，旧译琵亚词侣），年轻时曾刻意加以模仿，因而被称为“中国的琵亚词侣”，“受过不少的称赞，也挨过不少的骂”。“生吞琵亚词侣”，就是鲁迅给他列出的罪状之一。据叶灵凤说，他最初知道比亚兹莱，是通过郁达夫发表在《创造周报》上的一篇介绍《黄面志》的文字，但他后来又回忆，他在郁达夫的藏书中从不曾见过由比亚兹莱担当美术编辑的《黄面志》，“倒是后来在诗人邵洵美的书架上见过，是近于十八开的方形开本，都是硬面的，据说是他用重价当作珍本书从英国买回来的”。邵洵美的确是一个超级“琵迷”，他创办的《金屋月刊》，差不多直接拷贝了《黄面志》。董桥曾说：“老民国新月派谙洋文的才子都倾慕英国插图画家Aubrey Beardsley的才情。依稀记得是梁实秋先生说过的，说徐志摩邵洵美编诗刊都爱用他的线条花草做装饰。”邵洵美经营金屋书店时，更刊行过一本《琵亚词侣诗画集》。这是一本六十四开的袖珍书，据说非常考究，比氏的诗，也由邵洵美亲自操刀多译。这书董桥大概曾经寓目，因为他知道邵洵美"只翻译他的两首诗，加些花边加些插图说是'希望印得厚一些'"。

喜欢比亚兹莱的又岂止新月创造的洋场才子们，穿长布衫的鲁迅似乎更为着迷。他对叶灵凤邵洵美骂则骂矣，丝毫不影响与他们拥有相同的爱好。他自己在邵洵美之前还专门印过一本《比亚兹莱画选》。好像有人说过，鲁迅的思想很革命，艺术趣味却很病态，这倒是个有趣的研究题目。不过呢，一直觉着现在通行的鲁迅版"比亚兹莱"的译名，总不及之前流行一时的"琵亚词侣"有味道，后者的古典雅致简直跟徐志摩的"翡冷翠"有一拼。据说，Beardsley之为琵亚词侣，出自田汉的妙笔。就连叶灵凤也认为，田汉"所采用的译名很富于诗意"。比氏的中文译名我还见过第三种，是董桥版，他译为"比尔兹利"，并且专门写过一篇题为《比尔兹利漫忆》的小品。

就在这篇短文中，他对“琵亚词侣”大加挞伐：“外国人取中国名字像唐宁街十号门前高高挂个红灯笼，我瞧不惯。”甚至揶揄道：“琵亚稍嫌洋化，词侣倒真是清末民初花前月下的名号了，索性改姓皮，全名皮词侣！”总之只有他译的比尔兹利最接近英语原音。说这话时他似乎忘了一直将他那位英伦的红颜书侣 Leonora 译作李侬。“李侬浓浓的发髻插着一枝中国的瓷发簪，粉彩缠枝莲纹可爱得要命，霁红、冬青、石绿、天蓝的缤纷衬着她褐里泛金的秀发如梦如诗如画。”这样的一位爱书的女子，合该有一个如此东方又如此书卷气的名字。

再说回叶灵凤和邵洵美。本来，两人分属创造社和新月社两个阵营，是两股道上跑的车，但铁轨总有交汇的时候，有缘人也终会聚首。令叶灵凤和邵洵美走到一起的是《时代画报》，这是在邵洵美结束《金屋》月刊的出版之后，一九三〇年前后的事情。据邵洵美的夫人盛佩玉在《盛氏家族·我和邵洵美》一书中回忆：“《金屋》月刊出完第一卷就收场了。洵美的注意力转移，去办画报了。那个时候上海有一份《良友画报》，办得很成功，图文并茂。一些画家也跃跃欲试。张振宇和作家叶灵凤联袂办起了《时代画报》，想跟《良友》比高低。《时代画报》由中国美术刊行社发行，出了第一期，销路就压过了《良友》。然而在欣喜得意之余他们却尝到了资金周转不灵的苦恼，难以为继，就去求助于洵美，要把《时代画报》盘给他。出于对美术由衷的爱好，对美术家们的欣赏和支持，洵美很乐意接办《时代画报》。洵美高高兴兴地盘下这个摊子，和美术家们出谋划策，又邀了许多作家来写稿，热热闹闹办起这份画报来。”

虽然有人说，作为编辑者之一，叶灵凤的名字只出现在《时代画报》第一期，但此后他又参与了邵洵美创办的时代图书公司旗下另一著名刊物《万象》的编辑。这份刊物总共出版了三期，在一九三四年五月出版的第一期上，列名主编的是叶灵凤和张光宇，以后两期叶灵凤不再担任主编职务，由张光宇担任。《万象》杂志虽然只是昙花一现，但在中国杂志史上却有不凡的地位。它的开本比一般杂志要大，封面和内页的彩图印刷得特别精美，版面排得也很漂亮。叶灵凤在第一期上发表了《现代日本藏书票》一文，同时编发了两个整版的配图。藏书家谢其章认为，这是不多的中国藏书票文献中的先声。这些杂志的辉煌肯定离不开邵洵美的贡献，他不仅注资成立了时代图书公司，还卖掉家里最后一块地产，从德国进口了最新式的影写印刷设备。软件硬件的齐备，造就了“时代”的崛起，有人把这一时期的杂志出版称作“邵洵美一个人的期刊画报史”，他同时出版的刊物多达七种，每隔五天便至少会有两种期刊面世。这个时期，恰恰是他和叶灵凤联系最紧密的时候。

抗战爆发后，叶灵凤随《救亡日报》撤离上

海到了广州，随着广州的相继沦陷，流落到了香港。邵洵美虽然终老上海，但也曾数度赴港，叶灵凤对这位老友也是极尽东道主之谊。按照叶灵凤在《我的看书趣味》一文中的记载，是在香港停战那一年，邵洵美从上海来到香港，在叶灵凤的书房里挑灯话旧。他将架上那些书掠了一眼，有点诧异地问叶灵凤："你现在在研究什么呀？"因为他看到的是弗列采的《金枝》、魏斯特玛尔卡的《人类婚姻史》，还有那么多关于文字狱和禁书的著作。针对老友的疑惑，叶灵凤后来专门写了这篇《我的看书趣味》，文中说道："我觉得看书就是看书，为了要看这一本书，为了喜欢这一本书，就不妨揭开来看，这里面是不该有什么功利观念的。""道在瓦砾、道在粪土，开卷有益，这样的话不是也早已有人说过了吗？"其实，邵洵美也是一个地地道道的书痴，盛佩玉说："洵美每天喜欢和朋友谈文嚼字研究外文，手不离书，外文书有厚的很重，他拿着看几小时也不怕手酸。”在看书趣味上，邵洵美和叶灵凤也有着相同的观念，他在《画报在文化界的地位》一文中曾经这样表达：“我觉得，在人生中，读书应当是一种需要，它不是装饰，把它当作装饰，你便免不了会有一种轻薄的态度。它不是责任，把它当作责任，你便会感觉到厌倦与勉强。”由看书的趣味，也可以推知他们的人生态度，这也是他们保持长期友谊的基础。

说到这种友谊，一九四七年春上的一段相聚，体现得最为淋漓尽致。那时邵洵美刚刚把《论语》复刊，不忘给叶灵凤寄来一批，并写信嘱他寄稿。到了四月间，“邵洵美忽自沪来港”，一大早就来灵凤家，让叶灵凤感到“殊出意外”。邵洵美除了“畅谈近年遭遇”，还告以此行“系接洽所办之教育影片公司事”，“有意摄制英语之中国电影往美国放映”。在邵洵美滞留香港的大半个月里，叶灵凤几乎每天陪伴左右，往九龙访张光宇，赴蒋伯英、郑可晚宴。邵洵美还跟叶灵凤磋商剧本,“以陈果夫之电影故事交来,托加以改作,使适合于摄制电影”。叶灵凤不仅奉命翻阅,甚至还想:“他一意要办电影公司,如计划能实现,我也想回上海了。”可是送走邵洵美,电影公司的事便没了下文,让叶灵凤觉得好生奇怪。叶灵凤可能不知,邵洵美的所谓电影公司,是受了国民党中央宣传部长张道藩之命而奔波筹划,张道藩跑到台湾,这事当然也就没了下文。

邵洵美没有去台湾。进入五十年代,他的德国进口印刷机被国家征用,工厂也宣告解散,“以后没有第二件东西了”。他一度移家北京,想寻个合适的工作,旋又失意地回到上海。此后几年,邵洵美的生活每下愈况,当年连出门穿什么衣服都要和汽车颜色相配的纨绔子弟,沦落到变卖邮票以糊口的窘迫境地。多亏老朋友夏衍的推荐,才得到个替人民文学出版社翻译校稿的差事。要是一直这样发展下去,也不失为一种生活方式,以邵洵美的英文功底,能够在翻译事业上取得一番成绩，也不是没有可能，但命中若有一劫，任谁也无法绕得过去，一九五八年，邵洵美迎来三年的牢狱之灾，造化弄人的是，他的老友叶灵凤偏偏又卷进了这一事件，成为一桩文坛疑案的主角。关于这事的经过，邵洵美的女儿邵绡红在《我的爸爸邵洵美》一书中是这样说的：

> 叶灵凤从香港来上海。他是爸爸的老朋友，是战前常为爸爸办的刊物撰稿的文学家之一，也是《万象》、《文艺月刊》和《文艺画报》的编辑，这时在香港是《星岛时（日）报》副刊《星座》的主编，是香港的文化名人。爸爸约请他来家里吃午饭，还请了好友施蛰存和秦瘦鸥来共聚。那天席上叶灵凤谈起项美丽在美国的近况。爸爸便想起了一九四六年去纽约，项美丽曾向他借过一千美金。本来，老朋友向他借了不还是常事，他也一直不放在心上。现在小叔叔急需医药费，爸爸

就想到让项美丽把那一千美金的旧账转送给小叔叔治病。于是问叶灵凤要项美丽的地址，好写信给她，叶灵凤说他身边没有带来，让爸爸把信交给他，待他回香港后再发。不料，叶灵凤走后没几天就情况有异：爸爸出门，总有两个便衣跟随；爸爸回家，他们便守候在家门口。爸爸知道：一定是那封信出了毛病！

邵洵美的确被关进了提篮桥监狱，受审三年有余，一九六二年才得释放。他的无妄之灾究竟是否因叶灵凤引起，前述邵绡红的口吻尚属委婉，但是按照邵洵美的女婿方平的说法，问题就严重了。在接受《南方都市报》采访时，方平这样说："这封信托叶灵凤带出去寄给项美丽，叶灵凤把这封信交给海关了。这样邵洵美就被抓起来了。"不过邵洵美在提篮桥监狱的狱友贾植芳却说："邵洵美告诉我，他已经进来三年了，他是继续'肃反'

时被抓的。说他以前与南京政府的文化特务张道藩和谢位鼎（谢位鼎是现代派诗人，后来做了国民党政府驻梵蒂冈的大使）是磕过头的拜把子兄弟。他们在一起照过相，说是有证据，就把他抓来了。”当有人问起邵洵美三年受审的事，邵洵美的夫人盛佩玉则是这样回答：“洵美一九五八年至一九六二年之间的历史我不知何从写出，总觉得上面有了一层蒙尘，所以只好将洵美这段光阴缩短了。”

从时间上推断，邵洵美被抓是在一九五八年，而叶灵凤访问上海则是在一九五七年。在《大陆新邨和鲁迅故居》一文中，叶灵凤说：“一九五七年秋天，我第一次回到解放后的上海，曾在那里逗留了几天。”所以，贾植芳转述邵洵美本人所言的入狱原因，似乎更加可信。无论如何，这都属于那个特定时代的悲剧，正如陈子善所说：“从一九五七年内地的严峻形势推测，发生任何事情都是可能的。叶灵凤如果知道邵洵美的不幸遭遇，也想必会生‘吾虽不杀伯仁，伯仁因我而死’之叹。”

在叶灵凤已经结集的作品中，似乎没有专门写过项美丽，但他与项美丽显然认识。项美丽，本名埃米莉·哈恩（Emily Hahn），一九〇五年出生于美国圣路易城，一九三五年以《纽约客》杂志通讯记者的身份来到上海，与英俊优雅的邵洵美一见钟情，两人不仅公开同居，甚至还去作了婚姻登记。在上海，邵洵美与他的“蜜姬”出双入对之时，叶灵凤正是邵家的常客，不会没有碰到。一九三九年春，邵洵美也曾陪项美丽有过一次香港之行，那是为了完成《宋氏三姊妹》一书，专程赴香港采访宋霭龄。彼时叶灵凤已到香港，老友自远方来，理应相见。至于叶灵凤单独与项美丽接触，也存在时间和空间上的可能。太平洋战争爆发后，项美丽逃到香港，嫁给英国海军少校巴克塞，叶灵凤在《关于〈澳门纪略〉》一文中说：这书“十年前我曾在英国巴克塞少校处见过一部”，“他的太太就是曾在我国旅居过多年的美国女作家项美丽”。战后的一九四六年，叶灵凤又曾将一册项美丽签名之《宋氏三姊妹》托人转交给东京的友人，也算是他们相熟的一个旁证。

叶灵凤与黄新波

有一次去香港前，三联书店（香港）的侯明总编来信，说本打算把《为书籍的一生》出一个新版，可就是找不到这书，如果我有，能否带上借他们一用。《为书籍的一生》是旧俄出版家绥青所著，国内三联书店一九六三年七月出版过叶冬心的译本，我那时刚刚满月，不可能买到这书，但我后来买到了广西师大出版社的新版，那也是在书出来好几年之后的事情了，有一年去桂林，在出版社自己开的店里捡了个洋落儿。我虽说爱书成癖，也知道拿去扫描啊制版啊什么的难保不会伤损，但动身去香港前毫不犹豫地把书装进了行囊。还未及把书送给侯总，竟先在油麻地的中华书局看见崭新的一本，这样一来，借书立马变成了赠书，我的那一本也没有了毁容之忧，如此两全其美，真有如天意安排似的。

在早年写的《叶灵凤传》中，我曾借来“为书籍的一生”，用作一个章节的标题，这句话放到爱书家叶灵凤身上再合适不过，就连他自己都承认，“几乎一生也是为了书籍”。叶灵凤也有这本书，有趣的是，得到这本书的过程，本身也是一段书林佳话，见证了两位故友之间惺惺相惜的绵厚情谊。话说《为书籍的一生》在国内出版时，叶灵凤正蛰居殖民统治下的香港，所以不仅未曾读过，就是连这书名也未曾听过。有一年他有机会北上广州，在旧友黄新波的书架上见了这书，忍不住立即取了下来，“对我这样的人来说，这是一个多么富于吸引性的书名”啊！他说。这本书的装帧非常好，内容也一定很丰富而且有趣，所以他“不禁拿在手里翻来覆去地看，舍不得放回架上”。“新波看出了我的心意，爽快地问：

你喜欢这本书吗？就送给你吧。”叶灵凤大喜过望：“这正是我的私衷，只是不好意思说出口。他既然看穿了我的心思，我自然也不再客气了。于是这本《为书籍的一生》就放进我的行囊，跟着我一起回到我的家里，这个几乎一生也是为了书籍的家。”

黄新波是中国现代著名的木刻家，早在一九三四年，就与刘岘合作出版了《无名木刻集》，鲁迅先生曾给予资助并亲为作序。黄新波和叶灵凤一九三八年都曾供职于广州时期的《救亡日报》，广州沦陷后又先后来到香港，叶灵凤最初主编《立报·言林》，黄新波则在《华商报》担任美术编辑，他的重要木刻作品《聂耳先生纪念像》和《正气长存——鲁迅遗容》，都是在《立报》发表。一九四〇年十一月，十四位作家艺术家联名在香港报纸刊登《为援助叶紫先生遗族募捐启事》，当中就有叶灵凤和黄新波。香港光复后，黄新波重回香港，与黄蒙田、陆无涯、梁永泰等人发起组织人间画会，叶灵凤虽然不再作画，但却给了人间画会和黄新波本人不少的支持。一九四七年十二月，黄新波等人组织六人画展，叶灵凤应邀参观预展，并发表了《六人画展预展会一瞥》，对画展给予了充分肯定，其中对黄新波的偏爱之情更是溢于言表。他说：“木刻家出身的新波君，近来却倾向创作油画了。这次出品的木刻，仅有新作两三幅。数量虽少，但已足够稍解我的渴念。我想，许多爱好新波君的木刻的人大约都有这同感吧，在那强烈的黑白对照的方形画面上，他似乎更能够熟练地有自信地表现自己所要表现的意象。”

据说，那次六人画展之后，人间画会内部开展了对于黄新波油画探索的批判，叶灵凤在文中也谈到了自己的观点，不过表达得比较委婉：“在那许多青蓝色的大眼睛的油画上面，作者也许注入了更多的热忱和精力，同时也寄托了更大的期望，但看来只能令人感到拘谨和沉闷，忽略了作者在画面上所要申诉的是什么。”黄新波油画的复制品我曾经见过，以为颇有现代派的萌芽，倘能一直探索下去当会有所建树，但它的木刻本身已足以能使他不朽了。说来有缘的是，我几次去逛港岛东端的神州旧书，几乎了无斩获，独独淘到了一本《深刻人间——黄新波的艺术历程》。我喜欢黄新波的木刻，喜欢那种深邃、简洁，和富有装饰趣味的美感，而他所师承的肯特，不仅同样是叶灵凤的最爱，更与叶灵凤的推介有着直接关系。画家黄蒙田透露：“一九三四年，忘记了月份了，我看到上海出版的《现代》杂志上发表了肯特的一辑黑白画——当时又有人称之为抒情画。那时我还在学校念书，对肯特对比强烈形象简洁的画感到新鲜，三年后遇到新波的时候，我才惊异于肯特的画对他的心灵具有如此强烈的冲击力量。”

说来又巧，叶灵凤恰是《现代》杂志的编者之一，当年《现代》发表的肯特的那些画，就是根据叶灵凤所藏肯特画集复制的。叶灵凤非常喜欢肯特，晚年还写过一篇《美国老画家肯特的壮举》，不仅夸赞他的版画“明快美丽”，更说“他的性情和他的作品一样，一向爽朗有血性”。黄蒙田透露：“新波念念不忘灵凤的收藏，后来好像终于被他‘借’去了。灵凤当然早有心理准备，肯特画集落在这样一个如此酷爱肯特的画家手上，后果是不难想象的，然而这未始不是一件好事。”黄蒙田还曾爆料，“新波有一个愿望是替肯特编印一本中文版画集。四十年代中期在香港的时候，他曾不止一次表示希望有人做这工作，并且向拥有肯特版画集版本最多的叶灵凤建议做这工作。”新波的遗愿直到四十年后方才实现，八十年代初，岭南美术出版社终于出版了《肯特版画选集》，但那时候，两个喜欢肯特的人——叶灵凤和黄新波，却已先后离开了人世。

跟叶灵凤一样，黄新波不仅是画家，也是一个书痴。黄蒙田在《爱书家新波》一文中说：“他有没有自己的嗜好呢？有的。除了书，我想不出他还有什么嗜好。”“记得四十年代后期在香港，那时他工作量重，经济情况坏极了，但他几乎每天必到书店报到，尤其是专卖外文书的别发洋行和辰衝图书公司。有时，他也拉着我同去，看见他捧着一本十分沉重的西方画家画集，那副贪婪的神态真像小孩子在好吃的食物之前流口涎一样。”这个寻书路线，这个贪婪又窘迫的样子，真的像极了叶灵凤的孪生兄弟。也难怪，当叶灵凤在黄新波家里拿起《为书籍的一生》的一刹那，黄新波能够立刻猜透他的心思，索性主动表示你喜欢你就拿走。

叶灵凤与柳存仁

谢其章的新著取名《风雨谈》。这书名并不新鲜，他也知道。先是周作人写的书，后是柳雨生编的刊，都取了这名字。周作人因落水附逆在老虎桥蹲过大狱世人都晓得，柳雨生也因文化汉奸罪名获刑三年，知道的怕就不多。比较而言，柳存仁的名气怕是更响，许多人都说他是名震遐迩的国学家，就连董桥也概莫能外。董桥从来都尊称柳存仁为柳先生而不是柳教授，说他“学贯古今中外，人通天地百事”“燕赵儿女的豪情他熟悉，杏花春雨的婉约他看惯，西洋文化里恪守本分的规矩他更掌握”“他身上那几缕清芬最稀罕”。其实柳雨生正是柳存仁的前身。

谢其章对这些掌故清楚得很，偏要用这书名，倒不见得是对周作人柳雨生心怀戚戚，猜测只是喜欢风雨谈这几个字的意境而已。我买这书，是预感到书里可能会提到叶灵凤，因为叶灵凤与柳雨生差不多同一时期到的香港，虽然中间有几年柳雨生离港北上为汪伪政府做事，并为此蹲了几年监狱，但出狱后旋又回到了香港，居停数年之后方才游学海外。同为南来之沪上文人，在港九那个巴掌大的地方，叶灵凤柳雨生想不遇见也会很难。这一点我在读谢其章文章之前就已获得一些线索，前年在香港中文大学参观叶灵凤所藏签名本特展，就曾见过一册有柳氏题签的赠书。可惜当时拍的书影搞丢了，印象中应该是一本《和风堂文集》。果然，谢其章在书中提到了叶灵凤。他说为给小文配图，找到一帧老照片，是一九五一年，柳存仁与叶灵凤、俞振飞等人在香港贾纳夫宅所摄。虽然照片并未收入书中，但我后来还是从互联网上搜了出来。照片中共有九人，前排左数第一人是柳存仁，坐在地板上侧脸欢笑。后排左数第一人则是叶灵凤，与喜气洋洋的总体气氛相比，坐在沙发一角的他有些郁郁寡欢。这让我想起叶灵凤一九五二年八月一日的那则记事："今日为报馆创刊十四周年纪念日，晚间在英京酒家请客，到了许多流亡政客和文化人，我避坐角落上的一席，不想多招呼。"叶灵凤供职的报馆属于右派报纸，有些场合不得不参加，但内心还是觉着"甚无谓"。

种种迹象表明，叶灵凤与柳存仁应当属于泛泛之交，甚至与他的一些燕集，还颇有一些强拉硬拽的性质，这可以从叶氏的记事本中得到佐证。例如，一九五二年九月三日记："晚间往报馆，在门口遇见贾讷夫，被拉住与柳存仁等一同到国际饭店喝酒。十一时半始回报馆。"九月二十四日记："晚间在报馆被同事嬲着要请宵夜，同至国际餐厅喝啤酒，有柳存仁等，一共吃去了二十八元。"柳存仁很像是同事喊来的不速之客，而且这个同事，猜测还是贾讷夫。这一场宵夜，用去叶灵凤不少银两倒在其次，损失更大的，是耽误了写稿，这一晚是少有的没有写稿的一天，最为关键的怕还是话不投机半句多，叶灵凤用的那一个“嬲”字，其被迫无奈之情跃然纸上。

至于贾讷夫，他是叶灵凤供职《星岛日报》时的同事，做到了主笔的位置。叶灵凤与他，公余私交也不频密。见于记载的，尚有这么两次：第一次是一九五一年二月十日，“贾讷夫准备胡氏小史，携来商酌字句”。胡氏是指胡好，是南洋富商“万金油大王”胡文虎的第三子，一九一九年出生于缅甸首都仰光，后奉父命到香港筹办《星岛日报》，并亲自担任社长。叶灵凤则长期在《星岛日报》编副刊，直到退休。贾讷夫准备胡氏小史，是因为胡好因飞机失事身亡，年仅三十一岁。第二次是一九五二年的八月二十二日，“今晚报馆的贾讷夫换了一部新汽车，同往浅水湾喝啤酒。乘便问他昨日所听到的事，他也说根本没有”。所谓“昨日所听到的事”，是指此前曹聚仁故弄玄虚地向他透露近来外间有人钻营想取代他编《星座》。

说来好玩，与周作人、柳雨生相似，叶灵凤也是汉奸文人的帽子一顶许多年。但即使在他未摘帽时，内地也没把他当外人，李宗仁回归那年，香港新闻界获邀进京观礼的只有两人，叶灵凤就是其中一个。去年秋天在香港有幸看到叶先生专为这次内地之行记的一本笔记，访书会友，品茗观剧，忙得不亦乐乎，也兴奋得不亦乐乎。这与他在香港平日里的郁郁寡欢形成了鲜明对比。

叶灵凤与穆时英的点滴

一早打开办公室的门，首先映入眼帘的是满地散落的书，短暂的吃惊之后很快就明白，是高高摞在沙发靠背上的书终于在昨夜坍塌了。但这书堆还要不停地增高。傍晚小叶就给我拿来一个包裹，我知道这是网订的《穆时英全集》到了。书分三大册，严家炎、李今编，北京十月文艺出版社二〇〇八年出版，只印三千册，难怪我一直没有见到过。买穆时英是为了叶灵凤，结果略一翻检，发现藏货真的不少。意料之中的是叶灵凤应香港《四季》杂志邀请谈穆时英的那篇《三十年代文坛上的一颗彗星》，之前从叶灵凤本人以及当时访谈的参与者黄俊东、刘以鬯、沈西城等人那里，零零星星地获知了一鳞半爪，今日得窥全豹，信息量还是大不一样。对于穆时英的回忆与评价就不说了，更为难得的，是谈话中叶灵凤信口拈来的其他一些珍贵掌故。比如，他谈到当年在上海，他和穆时英、刘呐鸥等新感觉派同人居住的公园坊，就比之前我所掌握的，多了许多细节："公园坊像九龙塘的房子，有个大花园，是刘呐鸥的产业，位于上海闸北，接近日本人势力范围，因地区差，不在租界上，所以蛮好的房子没人敢住，于是就招待我们朋友去，屋子好，加上房租便宜，主人又客气，很多人住在那里。"说起来，从上海到香港，叶灵凤他们这班文人似乎喜欢扎堆儿居住，例如南来文人们刚到香港时，差不多都住在半山的学士台。小思曾经写过一篇《学士台风光》，文中她这样写道："聚居在那里的，都是中国著名的文化人，包括了画家、诗人、作家、记者、编辑。他们的名字都会写入日后中国文学史、绘画史的。"学士台那种一时的盛景直令小思感慨："如果相信冥冥之中注定的话，学士台，这条小街，改好了名字，在等待一群学士在那儿度过一段很忙乱但又可能有所企盼的时光。"

以前我写《叶灵凤传》的时候，只是笼统地说学士台，在《穆时英全集》中，有一篇当年也是学士台住客的卜少夫的文章，他又补充了许多细节，尤其难得的是对于太白楼的描写："二十七年春季，我们这一批朋友先后从上海撤退到香港，我们所安顿的地方是西环太白楼——半山地区——，其所以住在那里的原因，完全由于但杜宇的关系。于是，太白楼在当时俨然成为香港的拉丁区（太白楼在战前的香港是被称为平民区的）。""而每一个经过香港的文化人，几都到过太白楼。起初，这个集团（大概有八个人）采取大家庭制度，每人每月缴纳港币十五元，包括食宿洗衣，以后各人的太太陆续接来，就分门别户了。"可是，太白楼与学士台又是什么关系呢？

治现代文学史的王宇平曾经做过一番考证："那时候，沿着香港西环半山的薄扶林道下一段段台阶，会看到一个个建有老式房子的平台，每个平台就是一条小街，依次是学士台、桃李台、青莲台、羲皇台和太白台，这些平台背山面海，是风景绝佳的所在，名字借用的都是李太白的典故，更添风雅。""作为游乐吃喝的场所的'太白楼'，二〇一〇年代末在太白台设立，维持了约十年，后来改为民居。"王宇平指出："文化人的聚居以学士台为最多，也有住在低一层的桃李台和再往上的近山顶处及半山的其他地方，所以，我们谈到的现代文学史、绘画史意义上的'学士台'，在空间上包括学士台的上下周边。"

既是"学士"，当然离不开书，由穆时英向他借詹姆斯·乔伊斯的《优力栖士》，叶灵凤又引申谈起当年出版这部小说的莎士比亚书店的一些笑话，比如有一位法国来的顾客询问老板娘的男友："请问先生是不是莎士比亚先生？"读了真让人有些忍俊不禁。但我觉着更有趣的还是穆时英强占叶灵凤心爱的《第一日记》的那段：

当时我们都喜欢写日记，日本有间“第一书房”很有名，书也出得好，现在没有了。“第一书房”的人就是留法的一批作家和画家。当时所有时髦的日本作家都在那里出书，出的书除普及版外一定还要出豪华版，每年出一本《第一日记》，编得非常漂亮。封面是木板的，上海内山书店每年春天有卖，书本身印得不多，分到上海也不过两三本，我是最喜欢的了，所以跟老板讲好，无论如何要留一本给我。那时我还没结婚，独自住在虹口的一间像青年会宿舍的公寓里，某次在内山买了很多新书和《第一日记》，我把《第一日记》当宝贝地放在书桌上，穆时英一大清早来，我还没起身。他看到书就要，那怎么行呢，我只有一本，而且又买不到。他说“给我，给我”就把书打开在上面写上“穆时英”
三个字，你不答应也没用了。

作为一个爱书如痴的人，被人横刀夺爱恐怕最难接受，即使最亲的朋友，也是如此。但叶灵凤他们对穆时英这位小弟弟，显然没有办法。他在这天的访谈中还说：“穆时英发表小说后不久就认识了我们，他很年青，不过二十一二岁的样子，而我们将近三十了，我们都当他是小弟弟，一起出外喝茶时，他很少付账，即使有钱想付，我们也会说：‘怎会轮到你呀！’”穆时英二十八岁那年因落水被“锄奸”组织射杀在上海南京路之后，远在香港的叶灵凤当即发表文章予以痛斥：“一个人走上这一条路无异是自杀，而一个人一旦真的踏上这一路之后，他已非我族类，他的存在与否早已不值得加以考虑了。”话说得冷若冰铁，决绝极了，但叶灵凤心底的感觉，却远不是这样简单，几十年后回忆起这位小弟弟，还忍不住掬一把老泪，“大义与私交之间，实在令我在感情上很难处理”。当黄俊东问起穆时英“叛变”的真实原因，叶灵凤说：“我可以用几个字来说明，那就是：‘年青人的糊涂’。”说这话的语气多像一个家长说起自己不争气的孩子时那种纠缠不清的爱恨交集。

叶灵凤在一九七三

时间来到一九七三年，年近七旬的叶灵凤急遽衰老。血压高，血糖高，只能靠增加药量维持稳定。三月一日的日记这样写：“连日早睡，晨间早醒，不能安睡，白昼反而甚感疲倦。夜来遗尿在床，睡裤尽湿，老迈至此，真可叹也！”最要命的是眼睛坏了。上一年的十一月三十日曾经在养和医院割除左眼的白内障，这年的十月二十六日第二次住院手术，“因又生了一层薄翳”。眼镜换了一副又一副，还是看不清。放大镜买了一只又一只，仍嫌倍数小。有一次，与三女中敏又去商务购放大镜，选择许久，觉一小型者效果较佳，遂购下。谁知归后始知与已有者一模一样，不禁自道："可发一笑。"

"香港的自然是美丽的，尤其是花木之盛。"这是叶灵凤小品《一月的野花》开头的一句话。他喜欢香港的自然，喜欢研究香港的花木虫鱼，也时常和几个老友到离岛、到山野结伴远足。一月里的一天，老友源克平恰好打来电话，约往长洲一游，但这次他考虑了三天，破例致电婉拒了，"因岁暮天寒，视力不佳，不想多跋涉矣"。非但不能远足，便是各种聚会，因为"皆要单独一人前往，对此甚感踌躇"。三月间新华社请春茗，勉力而去，被邀者多工商财贸界人士，有七八桌，因"视力不佳，人又不熟，大窘"。席散后还要由在外间等候的女儿送他回家。

阮朗回忆说："连续几年里，叶老和几个朋友有一个先是定期，之后变成不定期的餐叙，天南地北聊聊。""在我们中间，叶老当然是个老大哥，但他很风趣"，"我们的餐叙，用叶老的话来说，那是'蜻蜓吃尾巴，自吃自'"。在以往，这种餐叙差不多每周一次，但“这一年半来叶老经常不到，不是不舒服，便是由于白内障动手术”。一九七三年，见于叶灵凤日记记载的，只有三两次而已。三月二日记：“今晚与罗、黄、源、严等在新美利坚聚餐，此种餐聚至本次已历九十九次，下次即一百次。”罗是罗承勋，又叫罗孚、丝韦、柳苏，当时是《大公报》副总编兼《新晚报》总编，十五年后，正是他替故友编辑了三册《读书随笔》，由三联书店出版后，在故国大地一纸风靡。黄是黄茅，又叫黄蒙田，当时担任集古斋顾问，是中国美术家协会在香港的唯一一个常务理事，与叶灵凤一样，都喜欢美术，都喜欢写小品。源是源克平，写诗的时候署名夏果。严是严庆澍，也就是写《金陵春梦》的那个唐人，与叶灵凤合出《新雨集》时，他的名字叫阮朗。

最痛苦的还是因视力不好，不能读书作文。“每日午睡时间甚长，耗时甚多，因此往往终日无所事事”。以往每天手不释卷的情形不复出现，就是偶尔翻阅比亚斯莱画册，也要佐以放大镜才勉强可读。三苏也就是高雄，最了解作为一个“纯粹的读书人”的叶灵凤，在他逝世后，三苏曾在悼文中说：“我认识读书与爱书的人不少，但很少像叶老那样，把全部生活投入读书之中，把读书当作他生活的全部的。”“这几年来他的眼睛患了白内障而致连用放大镜也不能看书的期间，我想是他一生中最痛苦的时候了。”

写字也越来越困难。按照老人自己的说法，“眼睛手指都不听话，心情也差了”。阮朗也说：“平时他的字体秀丽，这时他的字体有大有小，而最小的一个字，也要占一般稿纸的三四个字格子大小。”那个时候，刘以鬯正在编《快报》，有一天，排字房的工友拿了叶灵凤的手稿走来，对他说：“叶先生患了白内障，视力很差，作稿时写的字越来越大，前些日子，一千字写八百，我总在文末塞一块小电版的。后来，一千字只写六七百，必须塞以一块较大的电版。但是这篇稿子，虽然写满两张稿纸，排出来只得四百多！”岁梢源克平谈及拟出版一套丛书，取名“南斗文丛”，邀请他参加一册，但这样的身体状况使得写作几乎成为不可能，就是灯下整理旧稿，也“校读甚难”，常常未果。一贯勤于笔耕的他时常暗下决心，“若视力继续保持良好，当恢复写作，惜此余年。”不甘之下甚至还尝试由他口述和提供资料，请女儿中敏代笔，并以这样的方式完成了一篇纪念毕加索逝世的短文。

写作对于叶灵凤，既是爱好，又是工作，更是养家糊口的来源。壮年的时候他一晚写八九千字是常事，一旦不能写作，仅靠报馆的一点薪水，就有些“入不敷出”了。可屋漏偏逢连夜雨，“连日米价狂涨，每斤售一元者已涨至一元五毫”“炭售至每斤四元（平时每斤在一元），且缺货。”虽然已经参加工作的几个儿女偶尔交来几百元贴补家用，但仍属杯水车薪。他没有积蓄，正像他的女儿叶中敏所说：“金钱之于他似乎是毫无保留的价值，堆满书架和地面的书本就是他毕生的积蓄，也是他最大的快乐和满足。”

在这一年的春上，他提到了变卖藏画：“黄（蒙田）又赴北京，几次想向他提起托售书画事，未果，待他这次返港一定要弄清楚，不想再拖下去了。”初读时我以为他是为五斗米折腰，可后来看到阮朗的《叶灵凤先生二三事》，才明白他原来有着更高的追求。阮朗说：“朋友们感受到叶老‘老而弥坚’的精神，他曾想办一份杂志，名字也定了，经费正在张罗，譬如卖掉藏画之类，可是这计划给日益高涨的物价扼杀了。”

叶灵凤虽说是美术科班出身，终身喜欢美术，可他似乎并没有太多书画珍藏，搜罗最多的不外一些名画的复制品。在他的藏书中倒是有一部镇宅之宝，这就是明嘉庆刻本《新安县志》。有一天，他灯下翻阅黄荫普氏《广东文献书目知见录》，又得知《新安县志》仅美国及广州（抄本）各有一部，“可知此志少见，我的一部甚难得也。”

也有人惦记这部珍本。加拿大一所大学图书馆的胡女士，前曾任职香港冯平山图书馆，知道他藏有《新安县志》，托黄荫普询问是否有意出让。据说买方出价甚高，相当于如今的过百万元，叶灵凤明明生活非常窘迫，仍“告以不愿外流”。他生前不止一次表示，书要送给国家。在他去世后，他的家人完成了他的遗愿。

人至暮年，也到了回忆往事的时候。这一天，叶灵凤在读一本《四季》文学季刊，里面有该社同人访问他谈穆时英的文章。“重读一遍，往事不堪回首，思潮动荡，久不能止。”当时的《四季》编者沈西城在近著《本土文化圈沧桑史》中记述了当年在红宝石餐厅访谈叶灵凤的情形：“叶灵凤那时已有目疾，出入不便，很少接受访问，可为了老友穆时英，他还是由他的女儿中娴搀扶着来见我们。席间，叶灵凤畅论了当年日本新感觉派在上海发展的情况，提到穆时英和刘呐鸥这两位老朋友，叶灵凤的声音开始哽咽，眼睛也红了起来。”

那一天，写过《酒徒》、《对到》等小说的知名作家刘以鬯也在座，他还记得《四季》编者问叶灵凤“有没有穆时英的照片”，叶灵凤说:“也许会有，不过找不到了。如果视力不这么差的话，可以凭记忆画一幅出来。”其实他和穆时英曾经共同出现在一幅漫画当中，那是鲁少飞一九三六年画的《文坛茶话图》，就刊登在他和穆时英共同主编的《六艺》杂志。漫画的说明文字中有这样一段话:“立着的是现代主义的徐霞村、穆时英、刘呐鸥三位大师。手不离书的叶灵凤似乎在挽留高明，满面怒气的高老师，也许是看见有鲁迅在座，要拂袖而去吧？”据说，《四季》访谈之后，叶灵凤意犹未尽，又给编者写了一封信，托黄俊东转去，信中的一段话委实能道出叶灵凤的几许心曲：“他们两个人，都是我的好朋友，当年抗战发生后，忽然都遇到了这样的下场（指因附逆而遭暗杀）。当时在大义与私交之间，实在令我在感情上很难处理。过去是这样，现在也仍是这样。”

隔天，三育书店的车戴青以曹聚仁的遗著两种见赠，分别是《我与我的世界》和《国学十二讲》。面对亡友的遗著，叶灵凤“展卷怆然，眷念故人不已”。曹聚仁也是由沪来港的作家，当他还在上海办《潮声》，鼓吹乌鸦主义的时候，叶灵凤就时常“见到他在望平街上出入于各书店之门”。在香港这些年，叶灵凤与他虽然没有发展成挚交，但也惺惺相惜。曹聚仁曾经对人说：“朋友中，书读得最多的，是叶灵凤。”他甚至在一篇谈鲁迅的文章中认为，“鲁迅也有不知之事，也会有错处”。说他渊博之处，未必及得上叶灵凤云云。叶灵凤直说“这次未免赞得太过分了”，但他也懂得投桃报李，称赞曹聚仁“读过万卷书，行过万里路”。在叶灵凤去世后的“三七”，罗孚和一班朋友特地到叶府凭吊，“大厅里的一只狗和另外的小厅里的一只狗此呼彼应地叫着”。罗孚说：“大厅里的狗是有来历的，老作家曹聚仁前几年迁去澳门养病，不久就去世了，这只狗是他行前的托孤。”

由曹聚仁，他想起了更多的往事、更多的故人，想起了年轻时代的眼泪和欢笑，“想写稿，在心中构思，拟以《记忆的花束》为总题，分段而写”。可惜“视力差，快不能执笔也”。尽管如此，当香港的鲁迅研究专家张向天要求他绘一草图示意鲁迅在虹口的各个住处时，他随即表示“当奋力一试”，星期天即在家把草图画出。他说：“因我曾在‘大陆新邨’对面的兴业坊住过，所以对那些地方较清楚。”这又何尝不是一种怀旧的举动？

病痛缠身的叶灵凤“就是不承认有病，不肯看病”，可事实却是，往医院和医生家跑得越来越多，往报馆跑得越来越少。终于有一天，他再也不用去报馆了，这一天是一九七三年七月十五日，他自《星岛日报》退休。据报馆计算，他在星岛先后服务三十三年。在他退休后的第二天，他长期编辑的副刊《星座》出了最后一期。当晚他在日记簿上用大字写下：“此副刊自《星岛日报》创刊之日即有，三十余年，至今日停刊！”寥寥二十余字，极尽收敛，却浸透了无尽的惋惜和凄怆。莫日说：“《星座》可说是香港纷纭报纸副刊中，最富文艺气息的一个副刊了。”刘以鬯说：“由他主编的《星座》，在这个商字挂帅的社会里能够维持那样高的水准，足见他有一份可爱的固执。”《星座》的生命戛然而止，那个陪伴《星座》几十年的人，则像电影镜头一样，渐渐地淡出，而淡欲无。

叶灵凤手迹

孔夫子旧书网上，一页叶灵凤的信件，竟然标价八万八千八百八十八元。信是写在《星岛日报》信笺上的，收信人和信的内容，从照片上都难以分辨。《星岛日报》是叶灵凤供职三十多年的报纸，退休之后，他长期主编的文艺副刊《星座》也就随之休刊了。叶灵凤的手迹遗物如此珍贵，可叶家似乎并没有把它们看作一笔财富，搞什么待价而沽的名堂。叶先生去世不久，夫人赵克臻就率子女将其海量的藏书捐给了香港中文大学图书馆。承小思老师好意安排，我曾去中大看过这批藏书，当然只是见到了很小的一部分，书的扉页上，每本都贴着一枚赵克臻先生捐书纪念书票。

馆员说，叶先生的藏书还在整理当中。果然第二次上山，就见到了一个叶先生所收签名赠书的小型主题展览。灵凤先生藏书中，以西文美术书为最丰富。五十年代初黄永玉还在香港的时候，隔三差五就要跑到叶府，有时是喝茶闲聊，有时是蹭顿饭吃，但每一次几乎都要翻看一番叶先生新买的画册。有两次干脆借走四五本。灵凤对这位介于小弟和大侄之间的青年画家显然不错，有时候永玉明显是缺钱花了，就拿过一幅画来投稿，灵凤会当即预付稿酬十元，猜想肯定是叶先生先掏了自己的腰包。叶灵凤的镇宅之宝，其实是一部清嘉庆刻本《新安县志》，现在的香港九龙新界深圳过去都属于新安县的地盘，据说这书海内只存两部，加之灵凤矢志于香港史地的研究，书的重要性可想而知。叶先生去世后，多个单位和个人都想出大价钱将书买下，据说香港大学开价高达三十万上下。但赵克臻和子女们商量，还是把它捐赠给祖国内地，这应该也是叶先生的一个遗愿。叶先生的爱女中敏有一次跟我说，这书的下落她们现在也不十分清楚，只记得是在七十年代末，她和母亲去了广州，将书交给了当时的广东省委宣传部长，好像是经了夏衍先生的介绍。听罗孚后来说起，曾看见那书在部长的办公桌上放了很长时间，后来部长去深圳特区就任第一任市委书记，那书最终归入了哪家图书馆，也就没有了下文。但叶家一如既往地不太在意先父留下的文物，有次去香港，中敏老师跟我说，又发现了一大包东西，你可以过来看看。我就去了北角的大公报社，中敏先生让我一个人在会议室看东西，她则扔下我去开她的编前会。我打开袋子，发现都是十分珍贵的东西。有灵凤先生的日记、便条、剪报、老照片，更有叶先生治丧期间的所有文档记录。我犹如置身在一个宝库之中，兴奋地只叹眼睛不够用。闪念之间，也有一丝贼心，心说我要留下灵凤先生的一张小纸条，中敏老师也未必能够有所察觉。但想到对灵凤先生的敬仰，想到中敏老师对我的信任，我知道我不会这样做，哪怕我的动机纯粹是出于对于叶灵凤的追慕和热爱。

范用致叶中敏书信两通

春天在香港，叶灵凤先生的女儿叶中敏给我看过两通范用给她的信函，都与叶灵凤《读书随笔》的编辑出版有关，可惜我没有把信封复印下来，缺了确切的年代。第一通写在《读书》杂志的白色信笺上，全文如下：

中敏小姐：

际炯兄到京，谈及编印叶翁书话集，须另行着手，黄俊东先生或可作为理想的编者，请予考虑，并盼早日进行，以能在二三年内出版，亦可了结一桩心愿。编集内容，除有关书人书事，可包括书籍插图，书籍艺术等，尽可能多附书影、插图、文人像，书前请附叶翁照像、手迹等。

余请际炯兄面商。即颂

文安

范用

十、二

三联书店推出的三卷本叶灵凤《读书随笔》影响很大，说它掀起一股叶灵凤热也不过分。就我自己来说，此前读大学中文系时虽然少量接触过叶灵凤的小说，但如此系统地拜读他的读书小品，却是破天荒第一次。正是由于这套书，使我立刻痴迷上叶灵凤，也从此开始了至今仍未停手的叶灵凤研究。这套书还有一个副作用，就是借着书籍的装帧，重新把比亚兹莱的装饰画介绍给了国人，我也是由此开始了对于比亚兹莱的不懈追逐。说到这里，不能不感谢它的幕后推手和直接操刀人范用，正是凭借他的一双慧眼、一份勇气和一股不凡的品位，才有了这部高质量的图书。而前面这封信，正是为此书的诞生拉开序幕的历史见证。

《读书随笔》的一版一刷，是在一九八八年一月，但卷首该书编者丝韦（也就是罗孚）所写的《前记》，落款却是一九八五年十一月。范用此信写于十月二日，如果也是一九八五年，则从联系到编就仅有一个多月的时间，恐怕难以完成，所以这信的时间最迟也该是在一九八四年，甚至有可能是一九八三年，或者更早一年。从信的内容来看，最初与范用接洽出版事宜的，是潘际坰，而不是该书的编者罗孚。其实潘际坰也是罗孚的死党之一。他一九一九年出生在江苏淮安，笔名唐琼，与罗孚一起长期在《大公报》供职。退休之后有一段时间，唐琼和罗孚都住在旧金山的湾区，加上女作家李黎，他们三个每个月都要搞一次“二锅头雅集”。罗孚在《我们的二锅头雅集》一文中对唐琼的生平介绍甚详：“唐琼是北京、香港的能文之士，他四十年代在上海《大公报》主编过多种副刊，五十年代到北京担任香港《大公报》的记者，到过北朝鲜采访，其后以第一个报道末代皇帝溥仪的新闻而出名。晚年从北京到了香港，主持过《大公报》的副刊，以取得老作家巴金的《随想录》专栏连载而作出了重要的贡献。他自己也在报上写专栏，集而成书，是'三联'和'天地'出的唐琼四书:《京华小记》、《快意集》、《娱情集》和《唐琼随笔》。"其中我只买到过一本《京华小记》，那还是上世纪八十年代的事情。那个时候我还从来没有见过港版书，我买到的是友谊出版公司引进的简体字版。

由潘际炯联系为叶灵凤出书，可能有两层因素，第一，他在《大公报》工作，与罗孚、叶中敏都是同事，或许受到他们的委托；第二，作为香港《大公报》驻北京记者，具有往来两地的便利条件。接下来的问题是，推出此书，在范用来说究竟是主动策划还是被动接受？曾任三联书店副总编辑的汪家明在《书痴范用》一文里说："他过去在香港见过叶灵凤。那时很多人对叶灵凤有误解。""可是范先生说他不是'汉奸文人'，而只是个'文人'。文人要吃饭，只好写文章。他没写过汉奸文字。范先生还说，叶灵凤的小品文写得好极了，没有人像他那样认真、细心地写这样的小东西。"以范用对叶灵凤的好感和认可，即使不是主动策划，也该是一拍即合。

关于《读书随笔》的编者，范用最早的建议是"黄俊东先生或可作为理想的编者"，而非后来实际上的编选者罗孚，这可能有两层考虑：第一，当时罗孚正因美国间谍案遭到囚禁，即使属于不二人选也难以考虑。第二，黄俊东是香港知名的书话大家，又与叶灵凤是忘年交；既熟悉叶灵凤的为人为文，也深得叶灵凤及其家人的信任。罗孚之外，当然是"理想的编者"。为什么后来又改由罗孚编选呢？恐怕是因为罗孚很快获得了假释，虽然在双榆树居住的十年并没有完全的自由，但并不影响以“柳苏”之类的笔名编书写文。更重要的是，罗孚在初获有限自由之后很快巧遇了范用。罗孚的公子罗海雷在《我的父亲罗孚》一书中对那天的情景有过生动描述：

> 有一次，父亲和母亲去三联书店找周健强时，远远有人大声叫他，走近一看，才看清楚那是三联的负责人范用。范用是到香港访问时认识他的，他热情而亲切。二〇一〇年秋天，母亲与范用女儿谈起，她清楚记得范用二十七年前的一句话：“老罗，你住哪里？住哪里？我一直在找你，找得好苦！”

罗孚本人的叙述也是一致：“我们在走廊里说话，大声了一点，惊动了房间里的范用，走出来看到是我，就拉我一起去吃午饭，去吃有名的门钉肉饼，还就此拉稿，这就拉出了一本《香港、香港……》，又选编了三本叶灵凤的《读书随笔》。

就这样，我没有去找范用，是范用主动找了我。”

当然，有资料表明，确定由罗孚担当这一大任，也不是范用的临时起意，早在罗孚出事之前，叶家和罗孚就已达成共识。叶中敏透露，一九八二年罗孚接受美国领馆邀请，准备赴美“参观太空总署”，行前收拾办公室的一个场景，正是在那天，罗孚向叶中敏作出了承诺：

> 当时家父已逝世数年，好几大袋剪报就堆在罗伯伯的办公室里，他准备要亲自为老朋友编辑、出版一本选集。收拾时我问这些剪报怎么办？他说先搬回家，加上一句：“你放心，我答应过你的事情一定会办到。”

这也就有了范用第二封信中出现的变化：

> 中敏小姐：
>
> 叶翁剪报存稿，已由三联书店带到北京，

请释念。将与罗先生商量请他编选（他现在有时间做这一工作）。待初步编定，当再奉告。希望在明年，至迟后年上半年出版，以了却一桩心愿。

叶翁的《香港方物志》，三联亦拟在北京印行，特征求叶夫人的意见。对原出版者上海书局也请打一招呼。此书有若干图版，不知原照片还能找到否（或许在上海书局）？我们根据照片制版，比翻印可以清楚一些。

叶翁的作品（在香港出版的），此间大多已找到，惟缺《香江旧事》一书，能否赐寄一册？或请复印一份寄下，至盼！

问候 叶夫人！

即请

编安

范用

十、六

这封信应该是针对叶家建议由罗孚操刀而做的回复，正好范用也已和罗孚接上了头。叶中敏说："果然其后的日子，他（罗孚）让海星把这大堆旧报纸带到北京，在'难'中编辑了一套三册的《读书随笔》，还写了一篇非常有感情的序言。"在这期间，叶中敏到过北京，与罗孚、范用有过一次餐聚。叶中敏回忆说：餐聚"由黄苗子伯伯发起，相约了十位父亲当年的好友一起请我这名'故人之女'吃饭，地点在'豆花庄'，川菜，在座的有黄苗子、郁风、丁聪、冯亦代、戈宝权、楼适夷、吴祖光、萧乾、范用和《人民日报》编辑姜德明等，当然还有罗伯伯。席上大家谈得很高兴，漫画家丁聪伯伯还画了一幅父亲的水墨人像，大家在上面签名。"

《读书随笔》出版后，叶家非常满意，叶中敏说"是父亲所有著作中编辑得最好的一套"。汪家明透露："后来，范先生去香港时看望了叶灵凤的夫人，她很感激，送给范先生几本叶灵凤留下来的藏书，是二十世纪初英国、法国和美国出版的有关插图和书籍设计的书，书的封里都贴有叶灵凤的藏书票。”叶夫人赵克臻还专门给罗孚写了一封长信表示感谢，信中说：“罗公：你好，久违了。我现在先要向你道谢，你编辑了灵凤的著作，使它能够重见天日，我们全家都万分感激你。”在这封信里，叶夫人还首次对叶灵凤的“汉奸”问题说了许多话：“很久以来，一直想把当年的真相写出来。灵凤的一生，虽然没有做过什么大事，但他也不会去做汉奸文人，这一切的前尘往事，我想黄茅先生是知道得很清楚的。灵凤生前，不想我提起这件事，他说一切已成过去，说出来也于事无补，但求问心无愧也就算了。”

不过围绕《读书随笔》的出版还有一个悬案未解：供编选文集用的那“好几大袋剪报”流落到了哪里？前述范用的信里说“叶翁剪报存稿，已由三联书店带到北京”，叶中敏文中说“他（罗孚）让海星把这大堆旧报纸带到北京”，虽然运送的渠道略有出入，但确实运到了北京则属无疑，没有下文的是最后落到了何处。上次去香港，与叶灵凤先生的家人等探讨起叶灵凤全集的编纂，似乎隐约听到一点儿这些剪报的线索，但也不是十分有把握。现如今，当事者范用、罗孚两位前辈均已驾鹤西归，追寻起来就不是很容易。考虑到这些文章大多没有结集，真要没了下落则委实是件麻烦的事情。

图书在版编目(CIP)数据

我在德国淘旧书 / 李广宇著. —北京:法律出版社,2017

ISBN 978 - 7 - 5197 - 1010 - 1

Ⅰ. ①我…　Ⅱ. ①李…　Ⅲ. ①随笔—作品集—中国—当代　Ⅳ. ①I267.1

中国版本图书馆 CIP 数据核字(2017)第 138099 号

我在德国淘旧书
WO ZAI DEGUO TAO JIUSHU

李广宇 著

策划编辑 许　睿
责任编辑 许　睿
装帧设计 乔智炜

出版 法律出版社
总发行 中国法律图书有限公司
经销 新华书店
印刷 中煤(北京)印务有限公司
责任校对 王晓萍
责任印制 吕亚莉
编辑统筹 法规出版分社
开本 787 毫米×1092 毫米　1/32
印张 8.375
字数 101 千
版本 2017 年 8 月第 1 版
印次 2017 年 8 月第 1 次印刷

法律出版社/北京市丰台区莲花池西里 7 号(100073)
网址/www.lawpress.com.cn
投稿邮箱/info@lawpress.com.cn
举报维权邮箱/jbwq@lawpress.com.cn
销售热线/010 - 63939792
咨询电话/010 - 63939796

中国法律图书有限公司/北京市丰台区莲花池西里 7 号(100073)
全国各地中法图分、子公司销售电话:
统一销售客服/400 - 660 - 6393
第一法律书店/010 - 63939781/9782　西安分公司/029 - 85330678　重庆分公司/023 - 67453036
上海分公司/021 - 62071639/1636　深圳分公司/0755 - 83072995

书号:ISBN 978 - 7 - 5197 - 1010 - 1　　**定价**:59.00 元

蕗谷虹児

李广宇/编

买蕗谷虹儿

李广宇

鲁迅和叶灵凤都喜欢蕗谷虹儿的画，这是熟悉新文学史的人都知道的事情。鲁迅到日本留过学，但他最早购买蕗谷虹儿画集，见于记载的却是一九二七年十月八日。这时他刚刚移居上海，上午才从临时借住的共和旅社正式搬到景云里，下午就往内山书店淘书去了。内山书店就设在景云里，这可给了鲁迅这个超级书虫莫大的方便。那天买的书里就有《虹儿画谱》一二辑两册，共费四元。次年三月三十日又在内山书店买到一本《私の画集》，也是虹儿的作品。再过一年，一九二九年的二月十三日，收到韩侍桁从日本为他代购的《银砂の汀》一本，此系《虹儿画谱》的第三辑，前两辑的名字则分别是《睡莲の梦》和《悲凉の微笑》。叶灵凤买虹儿的画，也是在内山书店，带他去内山书店的则是郑伯奇。叶灵凤在《晚晴杂记》中写道："好像是一个夏天，他从东京回到了上海，高高的身材，戴着金丝眼镜，似乎对我当时所画的比亚兹莱风的装饰画很感到了兴趣。我清晰的记得，他带我去逛内山书店，知道我是学画的，而且喜欢画装饰画，便用身边剩余的日本钱在内山书店买了两册日本画家蕗谷虹儿的画集送给我。这全是童话插画似的装饰画，使我当时见了如获至宝，朝夕把玩，模仿他的风格也画了几幅装饰画。"据我推算，这一时间比鲁迅大概要早上半载数月，但所买的品种，应当相同，都是《虹儿画谱》的一二两辑。

虽然鲁迅和叶灵凤在喜好蕗谷虹儿这一点上高度相同，但也正因了蕗谷虹儿，两位又掐得不亦乐乎。叶灵凤这样回忆他和鲁迅因蕗谷虹儿而生的那场官司："后来被鲁迅先生大为讥笑，说我'生吞比亚兹莱，活剥蕗谷虹儿'，他自己特地选印了一册蕗谷虹儿的画选，作为艺苑朝花之一，大约是想向读者说明并不曾冤枉我的。"鲁迅、叶灵凤、蕗谷虹儿我都喜欢，以我不带立场的后来人看来，除去门派之争，当中恐怕也不无一丝争风吃醋的味道在内。这场官司说来话长，我今天只说买蕗谷虹儿。话说我知道蕗谷虹儿远远早于竹久梦二，但买到竹久梦二的画集又远远先于买到蕗谷虹儿。大前年去日本，在新宿的纪伊国屋书店买了一大堆梦二，却没有一本虹儿。是那里没有虹儿的书还是我的兴奋点只聚焦于梦二了，如今已经没有概念，料想应当属于后一种情形。但老天爷不把虹儿推给你不会善罢甘休，隔天去梦二美术馆真就碰上一本。虹儿的画集摆在梦二美术馆，一点儿都不稀奇，梦二本就是虹儿的两位老师之一，在画风和成就上虹儿也是公认的梦二的接班人，但那天我又与虹儿画集失之交臂，一来那本书装帧有些艳俗，二来现金方面也出了点儿问题。

去年小女到东京玩，受我之请，甫一安排停当，就跑去了梦二美术馆，果然就为我斩获了一册《蕗谷虹儿》，比我上次见到的那本雅致多了。这本书由河出书房新社发行，初版在二〇〇七年四月，我得到的这本是二〇一三年十二月的新装版初版。大三十二开软精装，封面是虹儿那幅经典之作《花嫁》，内封黄褐两色印刷，书名之外只有一盏小巧的油灯作点缀，其素朴典雅恰与外封的妖冶靓丽形成强烈的反差。书中收入了虹儿各个时期各种形制各种风格的画作，一个完整的蕗谷虹儿得以呈现在读者面前。此外还有大量的照片、日记、书信、手迹、海报等穿插其间，再加上介绍其生涯作品的文章以及长男龙生撰写的略年谱，使得本书的史料价值陡然提升。值得注意的是，书中还颇为隆重地介绍了鲁迅对于蕗谷虹儿的引介，并且附有鲁迅编印的《蕗谷虹儿画选》的书影以及他所翻译的虹儿的《萌芽》《月光波》等小诗的中文版本，于此可知，对于虹儿在中国所产生的影响，他们还是格外地引以为自豪。

本来以为，此番小女东渡收获也就如此了，谁成想她还颇有乃父之风，转天又跑到新宿的纪伊国屋继续寻觅，硬是在四楼的艺术区翻出了一本《花嫁人形》。打小这孩子就没少跟我跑书店，见惯了我的挑剔劲儿，所以也学我的样子让人家多拿几本出来从中挑选，可怜人家又是翻柜子又是敲电脑，最后抱歉地一耸肩：“确实只有这一本了。”其实这一本的品相也是十分完美。书是硬精装，文库本大小，黑色布纹纸烫金，手写的书名下面，镂刻了一艘扬着红色风帆的木船。另有一只纸做的函套，正反面都是上蓝下黑，图案则是星空皓月、鱼翔浅底，海天交会处仍有一船，船体却染成了别致的桃红。在日语中，花嫁是新娘的意思，人形则是人偶。《花嫁人形》是一本诗画集，一诗一画，如影随形，画得精细，写得空灵。创作这些诗画的动机，据说是为了纪念他早逝而美丽的母亲。该书的问世是在昭和十年（一九三五年），由虹儿自己亲手装帧设计。我得到的这本是国书刊行会平成十八年（二〇〇六年）的第十刷，一刷则是在昭和五十九年（一九八四年）。书尾特别注明，这个版本系采用宝文馆一九三五年初次出版时的设计。我有意跟旧版书影作了一下比较，几乎找不出哪里有什么不同。

在孔夫子旧书网上，曾经看到讲谈社一九六七年出版的《花嫁人形》的另一个版本，据称也是由虹儿自己设计，封面则换成了一个俏美的人偶，这样一来倒与书名更为呼应。网售的这一册扉页上还有虹儿的亲笔签名，售价却只有区区六百五，可惜待我登录时早已售出，不晓得被哪个幸运儿捡了大便宜。讲谈社还印行过一本《蕗谷虹儿画集》，总算被我捞到了手。是昭和五十年（一九七六年）的一刷，虽然已是四十年过去，品相却仍完好如初。这本书的优点是开本大，画幅也就相应的大，由此也更能呈现画作的原貌和神韵。像那幅著名的《黑船》，跨页满印，长度超过了四十六厘米，展卷品读，分外壮观。突然间就拥有了三本《蕗谷虹儿》，一时间真有点贫儿暴富的感觉。比较全面地欣赏了虹儿之后，免不了要和梦二作一番比较。作为竹久梦二的传人，俩人确有不少相似之处，比如都擅长美人画，都爱画儿童画，都倾力表纸画，都能亦诗亦画，但毕竟分属两个时代，大正年间的梦二表现的生活更老派，昭和年间的虹儿笔下女性则多了几分摩登。毫无疑问我还是更喜梦二，梦二的女人虽然病态但有内容；虹儿的女人虽然标致但太正统。找老婆当然要找正统女人，画中的女人也让她正统就没有了故事。止庵曾说：读虹儿的黑白版画，“可以领略他的‘线’及‘形’，却无法欣赏他的‘色’”，而在我看来，虹儿的拿手好戏恰恰正是黑白画，而不是彩画。黑白自有黑白的神韵，黑白的女子多了些猜不透的神秘。

蕗. fukiya

花嫁人形

金襴緞子の
帯しめながら
花嫁御寮は
なぜ泣くのだろ
虹児

雪吹の郎

I P

K. fukiya

令女界版

千鳥の曲

虹. fukiyo